Y DYLLUAN WEN

ANGHARAD JONES

Y Dylluan Wen

CYSTADLEUAETH Y FEDAL RYDDIAITH

Eisteddfod Genedlaethol Frenhinol Cymru 1995

Argraffiad cyntaf – 1995
Adargraffwyd – 1996, 2002, 2004, 2007, 2013, 2016, 2018

ISBN 978 1 85902 277 1

Noddwyd gan
Lywodraeth Cynulliad Cymru

Enillydd y Fedal Ryddiaith yn
Eisteddfod Genedlaethol Cymru 1995

Argraffwyd yng Nghymru
gan Wasg Gomer, Llandysul, Ceredigion

I'm rhieni

'The crow wish'd everything was black, the owl that everything was white.'

Rhif 63, *Proverbs of Hell*

o *The Marriage of Heaven and Hell*, William Blake

Fyny Fry

Tw-whit-tw-hw tw-whit-tw-hw
Fe ddaw dial, ar fy llw,
Ar Gwydion a'i wialen hud
Am ddod â fi i mewn i'r byd.

Rydych chi'n fy neall, on'd ydych? Ni raid i mi gyfieithu. Yr ydych ar yr un donfedd. Mae fy sŵn yn glir fel grisial oherwydd eich bod chithau i fyny fan hyn, yn wahanol i'r rheini islaw â'u traed yn saff ar y ddaear.

Fentrwch chi ddod gyda mi am dro? Am dro ar hyd fy stori? Mae'r gallu gennych, y ddawn i weld yr hyn yr wyf i'n ei weld. Y mae ein golygfa ni gymaint yn fwy eang na golygfa'r morgrug i lawr ar y ddaear. Druan ohonynt. Syllant yn ddiddeall i fyny, a'u clustiau'n cosi am fod ar yr un donfedd â ni. Ond y maent mewn cywair arall. Tw-whit-tw-hw yw'r cyfan a glywant hwy. Tw-whit-tw-hw . . .

Dewch. Dewch am dro. Dewch ar adenydd y nos ar wib uwch gweundir a ffos a mynydd-dir moel. Peidiwch â bod ofn. Fe edrychaf i ar eich ôl. Wnaf i ddim niwed i chi. Nid oes neb yn adnabod yr ardal cystal â mi. Y mae hi'n noson oer, yn noson loergan hyfryd a'r mynyddoedd fel hetiau gwrachod o'n cwmpas, yn taflu eu cysgod drosom. Plîs, peidiwch â bod ofn. Mae fy llygaid wedi hen ymgynefino â'r nos. Nid oes gan neb lygaid cystal i dywys dieithriaid ar hyd glynnoedd cysgodion yr ardal hon. Dewch. Hedwch gyda mi . . . heibio'r Atomfa, i fyny dros Domen-y-mur, i fyny eto tuag at y lleuad cyn plymio'n ddwfn i Gwm Cynfal.

Clywch! Clywch sŵn yr hen afon yn canu yn y cwm. A chodwch, codwch gyda mi i fyny am y Llan. Awn ni ddim heno at Fryn Castell a Llyn y Morynion. Na, arhoswn gyda'r byw a'r meidrol yn anedd-dai'r Llan.

Mae'r Llan yn cysgu. Hon yw'r awr dduaf cyn y wawr. Mae'r strydoedd yn wag. Nid yw lampau'r bore wedi cynnau eto, ac mae'r stryd fawr, Stryd Heulog, yn stryd llawn lleuad y lleuad llawn. Nid oes neb o gwmpas. Dim siw na miw yn unman. Dim byd ond llonyddwch. Tawelwch.

Tap tap tap. Traed ar goncrit. Tap tap tap. Mae torch euraidd yn wincio yng ngolau'r lloer; y lloer dirion lliw'r dydd mewn poen ac mewn penyd, mewn breuddwyd mor brudd . . .

Gwallt yw'r dorch euraidd, yn goron am ben merch fechan. Faint yw ei hoed hi? Pwy yw hi? A beth mae hi'n ei wneud yn cerdded ei hun bach yng nghanol Stryd Heulog ar yr awr dduaf hon? Craffwch eto, i chwilio am atebion.

Rhyw saith oed, efallai. Ai cerdded yn ei chwsg y mae hi? Mae golwg iasol o benderfynol ar ei hwyneb, ac mor fawr yw'r llygaid tywyll yn yr wyneb gwelw, mor fawr wrth syllu i berfedd y nos. Beth wêl hi? Mae'n cario ces ac mae ei chôt wedi ei botymu at ei choler. Ai gadael y mae hi? Os felly, pam? Ac i ble mae hi'n mynd?

Tap tap tap . . .

Glanio

1

Tap tap tap.

Safai'r ddynes dywyll, lygatddu wrth y tacsi yn taro'i hambarél ar y concrid gwlyb. Nid oedd wedi trafferthu gwisgo'i chôt law ddu. Gadawodd iddi hongian oddi ar ei hysgwyddau fel clogyn a thasgai'r glaw'n wreichion oddi ar y plastig gloyw.

Yn lleithder llwyd yr orsaf reilffordd, roedd hi'n bictiwr o iechyd, a'i chroen brown yn tystio i oriau, dyddiau, blynyddoedd yn yr haul. Wrth ei hymyl stryffagliai'r gyrrwr tacsi efo'i bagiau ond ni chododd hi'r un bys bach i'w helpu. Safai'n llonydd fel delw. Heblaw am dap tap tapio'r ambarél.

O'r diwedd, camodd i mewn i'r car. Eisteddodd yn y cefn a syllu'n fud drwy'r ffenestr.

'Llan?'

Nodiodd y ddynes.

'Mynd i gostio.'

Ysgydwodd ei phen. Cododd y gyrrwr ei ysgwyddau'n ddi-hid, a chychwyn yr injan. Symudodd y car drwy'r glaw gan droi i'r chwith o'r orsaf.

Buan iawn y gadawyd y ddinas fechan. Drwy ei hadlewyrchiad yng ngwydr y ffenestr, syllodd y ddynes ar y wlad o'i chwmpas. Nid oedd llawer i'w weld gan fod y cymylau mor isel, yn nadreddu drwy'r coed a'r llwyni. Gallai'r ddynes synhwyro fod mynyddoedd ynghudd y tu ôl i'r mwgwd llwyd a bod harddwch naturiol yn llechu yno.

Ond welai hi ddim ond y llwydni a'r glaw fel dagrau ar ruddiau ei hadlewyrchiad yn ffenestr y car.

Gan deimlo'n chwithig yn y mudandod, ceisiodd y gyrrwr daro sgwrs.

'Gwylia', ia? Yn Llan? 'Dach chi'm 'di dewis yr adag ora o'r flwyddyn . . . bwrw glaw . . . oer, a ballu . . .'

Ond nid atebodd y ddynes. Daliai i syllu drwy'r ffenestr, gan danio sigarét rhwng ei hewinedd hirgoch. Sugnodd yn hir ar y ffiltyr gwyn a gadael cylch ei minlliw am y bôn. Taflodd y gyrrwr gipolwg slei arni yn y drych ond roedd cwmwl o fwg o'i chwmpas. Chwythai hithau'r mwg ar y gwydr gan gymylu'i hadlewyrchiad. Ymestynnodd y gyrrwr at y radio. Doedd dim pwynt trio siarad efo hen drwyn fel hon. Trodd fotwm y radio, a byrlymodd llais y troellwr disgiau o'r peiriant: '. . . Yes indeedee! October thirty one! It's Hallowe'en! Hallo, Ween! Yeah! Tonite the spooks come out to play. Are you partyin' tonite? Everyone should party! Life's a party! I'm goin' to a fancy dress—as Freddie Kruger—ain' I original? Ha ha ha! Back to the eighties now—for all you ghouls out there—Michael Jackson and—yeah whar else?—Thriller . . .'

Bwm bwm bwm y bas . . . Aeth y car yn ei flaen, gan droi oddi ar y ffordd fawr i ffyrdd mwy cul a throellog. Pasiwyd trwy bentrefi bychain, diarffordd a sylwodd hi ar sawl adfail—castell fan yma, tyddyn fan draw. Nid oedd yr un enaid byw i'w weld yn unman. Yr unig arwydd o fywyd oedd y defaid yn y caeau yn pori'n llipa yn y glaw, a'u gwlân yr un lliw â'r cymylau. Sioc o'r mwya bob hyn a hyn oedd gweld golau car arall yn dod i'w cwfwr, yn wincio cyn pasio mor gyflym â'r gwynt. O'r diwedd, daeth y car at arwydd ffordd: Croeso i'r Llan/*Welcome to Llan.*

Pwysodd y ddynes ymlaen a rhwbio'i llaw ar hyd y ffenestr er mwyn clirio'r stêm. Gwelodd ei hwyneb hi ei hun yn ailymddangos yn y gwydr dros wyneb yr arwydd ffordd. Am eiliad fer yr oedd ei hwyneb hi a'r arwydd wedi eu cloi yn ei gilydd yn ddelwedd ddarfodedig. Yr eiliad nesa, roedd yr arwydd y tu ôl iddi. Trodd ei golygon i'r chwith, a gwibiodd capel, mynwent, rhesaid o dai heibio. Gwelodd adeilad Fictorianaidd yn nesáu . . . Ysgol. Gwyrodd ei phen at y gyrrwr: 'Stopiwch wrth yr ysgol, plîs.'

Rhoddodd ei droed ar y brêc a sgrechiodd yr olwynion drwy'r pyllau glaw. Yn reddfol, gwasgodd hi ei throed i lawr er nad oedd dim pwrpas i'w gweithred. Os oedd y car am grashio, cwbl ofer oedd ei hystum o frecio mewn gwagle. A dweud y gwir, unwaith i unrhyw gwrs gychwyn, nid oedd pwrpas brecio: yr oedd y cwrs wedi ei bennu ac roedd yn rhaid ei ddilyn i'r pen.

Yn ffodus, daeth y car i stop heb niwed i neb ac er bod y ddynes yn anadlu'n gyflymach, llwyddodd i ddweud â gwên oer:

'Dwi'n deithiwr nerfus. Ceir yn annaturiol, chi'm yn meddwl? Bocsys haearn, yn 'yn cau ni i mewn.'

''Sach chi 'di deud yn gynt . . . 'swn i'm 'di gor'od brecio mor sydyn.'

Camodd y gyrrwr o'r car a chau'r drws yn swta. Edrychodd y ddynes ar ei llaw chwith a gweld ôl ewin ar ei chledr. Ceisiodd esmwytho'r marc hanner lleuad bychan oddi yno, ond yn ofer. Roedd yn ddyfnach nag yr ymddangosai, gyda'r awgrym lleia o waed yn cleisio dan haen denau'r cnawd. Aeth allan o'r car.

'Jyst gad'wch y bags tu mewn i'r gât.'

Ufuddhaodd yntau ac aeth hi i sefyll wrth y gât. Syllodd drwy'r bariau haearn gwlyb ar yr ysgol. Gan brin gydnabod y gyrrwr, rhoddodd bapur hanner can punt yn ei law, a cherdded yn bwyllog yn ei blaen.

'Hei, ych newid chi!'

Ond chym'rodd hi ddim sylw. Cerddodd yn ei blaen. Lledodd gwên ar wyneb y gyrrwr.

'Diolch yn fawr, 'de! A mwynhewch ych gwylia' . . . gobeithio g'neith y tywydd wella i chi, 'de.'

Cerddodd y ddynes drwy gât yr ysgol gan adael ei bagiau lle'r oedden nhw, y lledr gloyw'n gwlychu yn y glaw. Syrthiodd yr ambarél yn dila oddi ar ben y bagiau, i bwll. Plop.

Ond roedd hi wedi mynd. Wedi camu i'r iard chwarae ac yn gwneud ei ffordd at yr hen adeilad Fictorianaidd. Er gwaetha'r glaw, ni thrafferthodd roi'r gôt yn iawn amdani. Gadawodd iddi grogi fel clogyn am ei hysgwyddau. Croesodd yr iard. Roedd y ffenestri wedi stemio gan wres y plant ac aeth ias drwyddi. Roedd hi'n oer allan lle'r oedd hi. Sylwodd ar siapiau oren a du yn y ffenestri. Crychodd ei haeliau er mwyn gweld yn well. Wynebau oren, oren lliw'r haul. Pwmpenni, wedi eu mowldio'n wynebau. *Hallowe'en.* Plant 'run fath ym mhobman—yn gwirioni eu pennau ar y noson hon. Pam roedd yr arswydus mor ddeniadol? Pam nad oedd dim yn well ganddynt na chlywed eu calonnau'n curo'n gyflym, gyflymach, gyflym, gyflymach?

Bu'n rhaid i'r ddynes ddod yn nes cyn gweld beth oedd y siapiau du yn fframiau'r ffenestri. Yr oedd y rheini'n llawer llai. Ond adwaenodd nhw'n syth. Gwrachod. Gwrachod bach du yn crogi yn y gwydr, yn siglo wrth i'r gwynt o'r tu allan sleifio i mewn drwy'r craciau. *Agorwch dipyn o gil y drws o gil y drws o gil y drws, agorwch dipyn o gil y drws . . .*

Gan lapio'i chlogyn du yn dynnach amdani, cerddodd at y fynedfa a'i rhiniog lechen. Yn y ffenestri, siglai'r gwrachod bach yn ôl ac ymlaen.

2

Amser cinio yn yr ysgol ac mae'r neuadd â'i nenfwd uchel dan ei sang. Mae'r plant o gwmpas eu byrddau bwyd, yn bwyta, yn yfed, yn cega, yn chwerthin, yn chwarae efo'u cyllyll a'u ffyrc. Mae'r sŵn yn fyddarol.

Ar un bwrdd mae merch benfelen saith oed. Nid yw'n edrych yn hapus. Gyferbyn â hi mae bachgen mawr â'i lygaid yn wyn yn ei ben. Mae o wedi rowlio canhwyllau ei lygaid yn ôl ac mae'n stwffio'i wyneb reit i fyny at wyneb y ferch. Mae'n tynnu ei dafod arni ac yn gwneud synau arswydus. Ceisia'r ferch gilio oddi wrtho ond mae'n gafael yn dynn yn ei garddwrn. Chwardda gweddill y bwrdd.

'Dwi'n mynd i dy gael di! Heno!'

'Stopia!'

'Am hanner nos! Dwi'n mynd i godi o'r bedd— Aaaaa!'

Ceisia'r ferch ymysgwyd o'i afael ond mae o'n rhy gryf. Yna, mae'r bachgen yn llacio'i afael a daw canhwyllau ei lygaid yn ôl o gefn ei ben. Gwena'n sbeitlyd.

'Dos i ddeud wrth Dadi 'ta! 'Im ots gin i! Fydd o'm o gwmpas lot mwy. A wedyn—mi cei di hi!'

Yn sydyn o rywle, fel angel gwarcheidiol, mae dynes binc yn glanio. Mae hi'n hen hen, ei gwallt mewn byn, a'i ffedog blastig yn binc binc binc.

'Be sy'n mynd 'mlaen yn fan'ma?'

Mae Mrs Rowlands, y ddynes ginio glên, yn gwgu ar y bachgen.

'Piga ar rywun 'run seis â chdi, y bwli mawr!'

Mae'r bwli'n piffian chwerthin a phawb arall ar y bwrdd yn ymuno ag o. Mae'n tynnu ei dafod ar Mrs Rowlands a chyn iddi fedru gafael ynddo a'i ysgwyd, mae o wedi codi a rhedeg i ffwrdd. Mae ei ffrindiau i gyd yn ei ddilyn a dim ond y ferch a'i ffrind sydd ar ôl wrth y bwrdd. Mae Mrs Rowlands yn troi ati: 'Paid â chymryd dim sylw.'

Mae'r ferch yn nodio, yn llyncu'r pigyn yn ei gwddw ac yn cuddio'r dagrau sy'n bygwth disgyn rhwng llenni ei hamrannau. Mae Mrs Rowlands yn gwenu'n dyner ac mae'r ferch ar fin gwenu'n ôl ond mae rhywbeth tywyll y tu ôl i Mrs Rowlands yn tynnu ei sylw. Mae dynes mewn du yn sefyll yn y drws. Rhuthra'r bachgen mawr a'i ffrindiau heibio iddi. Ar ddamwain, daw ar ei thraws. Edrycha i lawr arno. Diflanna ei wên sbeitlyd. Rhed oddi wrthi, gan fwrw golwg yn ôl. Mae'r un olwg yn ei lygaid o ag oedd yn llygaid y ferch pan oedd o'n gafael yn ei garddwrn ac yn gwasgu'r gwythiennau.

Mae mwy o blant yn sylwi ar y ddynes yn y drws. Mae'r sŵn yn y neuadd yn distewi. Mae Mrs Rowlands yn troi, yn gweld y ddynes ac yn cerdded tuag ati. Atseinia ei thraed ar y llawr pren. Tap tap tap. Rhytha'r ferch benfelen ar y ddynes dywyll.

'Fedra i'ch helpu chi?'

'Gallwch, gobeithio . . . ym . . . dwi braidd yn gynnar . . . g'neud mistêc . . . efo amsar 'yn ffleit i . . .'

16

Wrth glywed acen fwngrel y ddynes, mae llygaid Mrs Rowlands yn caledu. Gwena'r ddynes yn nerfus. Nid yw Mrs Rowlands yn gwenu'n ôl, a dywed yn oeraidd: 'Well i chi 'nilyn i . . .' A cherdda heibio i'r ddynes ac i'r coridor. Mae gwên y ddynes yn simsanu. Saif yn y drws, yn gwenu'n lletchwith ar y plant. Mae'r rheini'n syllu'n ôl fel tystion mud.

3

Er mor hen oedd Mrs Rowlands, cafodd y ddynes drafferth i'w chanlyn yng ngwyll y coridorau. Ar ôl ychydig, ceisiodd y ddynes daro sgwrs: 'Dyma 'nhro cynta i ffor' hyn . . . Dwi'n dod o Sir Gaernarfon, yn bellach i'r gogladd—wel—*at one time*. 'Di byw yn y Stêts ers blynydde . . . Llunda'n cyn hynny . . . Rhaid chi sgiwsio 'Nghymraeg i . . . ddim yn ca'l lot o *chance* i bractisio . . .'

Tybiodd y ddynes nad oedd yr hen wreigan wedi ei chlywed. Trwm ei chlyw, fwy na thebyg —yr oedd hi'n hen fel pechod.

'Heb ddewis y diwrnod neisia! Chênj i fi—o haul Califfornia . . . Chi'n gwbod am Califfornia, ydach?'

Ond nid atebodd yr hen wraig. Cerddodd yn ei blaen drwy gysgodion y coridorau, a'i hwyneb yn graig rychiog, ddiemosiwn. Yr unig sŵn oedd curo rheolaidd eu traed ar y pren. Tap tap tap. Roedd trwch o lwch ar lawr a'r holl le yn mynd â'i ben iddo. Llwydni, llechi, llwch—pob pelydryn o olau'n gyndyn o dreiddio i'r cilfachau tywyll.

Yn sydyn, stopiodd Mrs Rowlands o flaen drws derw ac arno blac efydd. Roedd crac yn y plac, yn hollti'r enw *Ifor Gruffydd, Prifathro*. 'Mewn!' galwodd llais blinedig o'r ochr draw i'r derw. Agorodd Mrs Rowlands y drws.

Y peth cynta a welodd y ddynes oedd pen-ôl mewn trowsus melfaréd a dyn yn plygu, yn llenwi bocs cardbord â llyfrau. O'i gwmpas roedd chwech, efallai saith o focsys, ac ar wahân iddyn nhw roedd yr ystafell yn foel, gyda'r silffoedd llyfrau yn hanner gwag. Ystafell dywyll oedd hi, a'r waliau lliw hufen wedi hen felynu. Yn ara deg, ymsythodd y dyn, gan riddfan yn isel a gafael yng ngwaelod ei gefn. Yr oedd ei gorun yn foel.

'Yr actoras 'di cyrra'dd,' meddai Mrs Rowlands. Trodd y dyn yn ara deg. Roedd rhychau dwfn ar ei wyneb, yn enwedig o amgylch y llygaid a rhwng yr aeliau. Ac roedd ei lygaid yn las mor olau nes ymddangos yn ddi-liw, fel gwydr. Rhoddai hynny naws hypnotig iddyn nhw. Chwarddodd y ddynes yn nerfus.

'Dwi'n gynnar, sori . . . o'dd y ffleit yn gynt nag o'n i 'di feddwl . . . y, gobeithio bo' hynny'n O.K.'

Hanner nodiodd y dyn. Yna trodd rownd a pharhau â'i waith o lenwi'r bocs. Gwridodd y ddynes fel plentyn drwg.

'Well i chi ddod i mewn,' meddai'r prifathro o'r diwedd.

Clywodd y ddynes hi ei hun yn dweud diolch. Am ennyd nid oedd yn 'nabod ei llais ei hun, felly ailadroddodd y gair er mwyn gwneud yn siŵr mai hi lefarodd. Ie. Hi oedd hi. Yn ansicr, camodd i mewn i'r ystafell. Estynnodd ei llaw at y dyn.

'Myfi Jones. Falch gin i gwrdd â . . .'

Cyn iddi orffen ei brawddeg yr oedd o wedi torri ar ei thraws: 'G'newch bot o de, Mrs Rowlands.'

Trodd at Myfi: 'Er, mae'n siŵr basa'n well gynnoch *chi* goffi . . .'

'Sori? Fi? Na. Ia. Dwi'm yn meindio. Coffi. Bydda coffi'n iawn. Neu de. *Whatever* . . . peidiwch â mynd i draffarth . . .'

Chwarddodd Myfi â thwtsh o hysteria, ac edrych draw at Mrs Rowlands. Ond troi a mynd oddi yno wnaeth honno. Daeth Myfi yn ymwybodol o'i llaw'n estyn i'r gwagle. Daeth Gruffydd yntau yn ymwybodol o'i llaw'n crogi'n chwithig, ac estynnodd amdani. Boddwyd ei llaw fechan gan gledr ei law ef. Roedd ei gydio tyn yn gadarn.

'Ifor Gruffydd. Y prifathro.'

'Ia. 'Nes i'i weithio fo allan. Ha ha!'

Ni wenodd Gruffydd. Yn hytrach, edrychodd o gwmpas yr ystafell a dweud yn ddioglyd, fater-o-ffaith:

'Mae'n debyg y dylwn i ymddiheuro am y llanast. Dwi'n ca'l 'y ng'neud yn ddi-waith mewn saith wythnos. Presant 'Dolig neis iawn: ca'l 'y nhaflu ar y doman sbwrial! Hmm! Rhyfadd sut ma' deg mlynadd ar hugian yn diweddu mewn dyrna'd o focsys, 'tydi?'

'O . . . y . . . Ma'n ddrwg gin i . . .'

''Im isio chi fod. Ddim ych problam chi . . . 'Sgynnoch chi fagia'?'

'Y . . . oes. Wrth y gât.'

'A' i i'w nôl nhw.'

'Ma'n *O.K.* A' i.'

'Na, na. 'Steddwch. Os medrwch chi ga'l hyd i sêt yn y llanast 'ma.'

Ac allan â fo. Clep. Y drws yn cau ar ei ôl.
Siffrwd defnydd du. Clogyn du. Clogyn du prifathro
yn crogi o fachyn ar gefn y drws. Ffrwydrodd
nerfusrwydd Myfi i'r wyneb â chwerthiniad
annaturiol. Eisteddodd ar un o'r bocsys, ac anadlu
i mewn ac allan yn ara deg. Craffodd o'i chwmpas:
hen luniau ysgol melynfrown mewn fframiau gwydr
ar y wal, silffoedd llyfrau hanner gwag oddi tanyn
nhw, desg fawr dderw wrth y ffenestr ac uwch ei
phen, gwialen fedw ar fachau. Cododd a mynd at
y lluniau. Yng nghanol pob un, eisteddai Gruffydd:
Gruffydd ifanc, Gruffydd hŷn, Gruffydd canol
oed. Ef oedd y canolbwynt, gyda'r plant bychain
yn rhesi cytbwys o'i gwmpas—plant yn gwenu'n
serchog, plant yn gwgu'n amheus, plant yn syllu'n
ddifynegiant. Yr un wyneb a wnâi Gruffydd ym
mhob llun: gwên syber yn pwysleisio'i awdurdod.
Ychwanegai'r clogyn am ei ysgwyddau at ei statws
a'i urddas. Edrychai fel brenin yng nghanol deiliaid
corachlyd. Sylwodd Myfi fod un o'r lluniau'n gam
a chododd i'w sythu. Gadawodd ôl ei bysedd yn y
llwch oedd yn powdro wyneb y gwydr.
    Croesodd at y ffenestr. Yr oedd wedi stemio.
Gwnaeth gylch clir yng nghanol y stêm a thrwyddo
gwelodd yr iard chwarae'n sgleinio yn y glaw. Yng
nghanol y sbarclyrs arian a drawai'r concrid,
gwelodd ffigwr unig Gruffydd yn cario'i bagiau ar
draws yr iard, a'r glaw'n gwastatáu'r cudynnau
prin o wallt am ei ben. Chwarddodd Myfi drwy'r
cylch clir, ond sobrodd yn sydyn wrth glywed y
drws yn agor. Cefnodd ar y ffenestr wrth i Mrs

Rowlands ddod yn ei hôl, yn cario hambwrdd ac arno gwpanau a soseri. Roedd dwylo'r hen wreigan yn crynu cymaint nes bod y tseina'n clecian. Aeth Myfi ati.

'Gad'wch i fi . . .'

Ysgydwodd Mrs Rowlands ei phen yn 'styfnig, rhoi'r hambwrdd ar y ddesg, tywallt paned o goffi a'i hestyn yn grynedig i Myfi. Yna cydiodd mewn jẁg o laeth. Rhoddodd Myfi ei bysedd ar draws y baned: 'Dim llaeth, diolch.'

Rhy hwyr. Roedd Mrs Rowlands wedi cychwyn tywallt ac er mai llaeth yn syth o'r ffrij oedd o, gellid taeru ei fod yn ferwedig o'r ffordd y neidiodd Myfi wrth iddo gyffwrdd â'i chroen. Tynnodd ei llaw yn ôl mor sydyn nes peri i Mrs Rowlands ddychryn a gollwng y jẁg. Crash! Chwalodd. Yn deilchion. Ar lawr. Syllodd y ddwy ddynes yn fud ar yr hylif gwyn yn nadreddu rhwng y darnau tseina.

'Sori . . .' meddai Myfi.

Ebychodd Mrs Rowlands cyn estyn i boced ei hofyrôl binc a thynnu clwtyn ohoni. Yn ara deg aeth ar ei gliniau i glirio'r llanast. Gwyliodd Myfi hi. Yna aeth hithau ar ei gliniau.

'Gad'wch i fi . . . 'y mai i o'dd o . . .'

Ni phrotestiodd Mrs Rowlands. Roedd hi wedi ymlâdd. Gadawodd i Myfi gymryd y clwtyn a sychu'r llawr. Daliodd Myfi ei hanadl fel na fedrai arogli'r llaeth. Roedd yn gas ganddi arogl llaeth. Codi cyfog.

Edrychodd Mrs Rowlands ar ddwylo'r ddynes

ddieithr yn mopio'r llaeth ac yn pigo'r darnau tseina i fyny. Yr oedden nhw'n crynu'n waeth na'i dwylo hi. Gwawriodd rhywbeth yn sydyn ar yr hen wraig: yr oedd hyn wedi digwydd o'r blaen . . . Syllodd ar wyneb Myfi, y tu hwnt i'r colur, y lliw haul a'r acen fwngrel. Ceisiodd Myfi osgoi'r llygaid hen, ond nid oedd modd. Roedden nhw'n edrych arni â chymysgedd o arswyd a thosturi. Ond ni ddywedodd yr hen wraig ddim: rhoddodd ei llaw wydn-fel-hen-ledr ar law Myfi. Daeth dagrau i lygaid Myfi wrth i dynerwch y dwylo gwydn ei chyffwrdd.

Yn ara deg, cymerodd Mrs Rowlands y clwtyn oddi arni, ond cyn iddi fedru dweud dim agorodd y drws a daeth Gruffydd yn ei ôl. Edrychodd yn ddryslyd wrth weld y ddwy ar eu gliniau. Chwarddodd Myfi'n nerfus, a chodi.

''Y mai i. Llaeth yn syrthio. Rhoi'n llaw allan. Stiwpid! Oes . . . oes 'na doilet 'ma? I fi olchi 'nwylo.'

'Ar y chwith i fyny'r coridor.'

'Diolch, Mr Gruffydd . . . dwi'n ofnadwy . . . dwy law chwith gin i!'

Aeth Myfi allan o'r ystafell wysg ei chefn, yn gwenu'n chwithig. Ar ôl iddi fynd, trodd Gruffydd at Mrs Rowlands: '*Jyst* be dwi isio. I orffen 'y nyddia' 'ma: edrach ar ôl rhw g'loman wirion 'fath â hon.'

Ond nid oedd Mrs Rowlands yn gwrando. Yr oedd hi'n syllu ar y llawr. Yr oedd dafnau coch yn y llaeth. Gwaed. Aeth ias i lawr ei chefn ac edrychodd ar Gruffydd yn llawn gwae. Roedd cloch yn canu yn rhywle yng nghefn ei cho': hen bechod a wna gywilydd newydd, hen bechod a wna gywilydd newydd, hen bechod a wna gywilydd newydd . . . Ond doedd Gruffydd ddim yn clywed yr un gloch er mai iddo ef yr oedd ei chnul.

4

Drip, drip, drip. Gwaed yn dafnio ar enamel gwyn. Dafnau prin, yn gyndyn bron o ddisgyn. Mae Myfi yn edrych arni hi ei hun yn y drych. Y tu ôl iddi mae ystafell betryal. Tŷ bach. Man preifat. Encil. Lle i gilio i flwch, cloi'r drws a chau allan y byd a'i boen.

Heb yn wybod i Myfi y mae merch fach benfelen y tu ôl i un o ddrysau'r blychau. Y mae hi wedi dianc yno oddi wrth y byd a'i boen. Y mae hi wedi cloi'r drws ac wedi bod yn crio am fod y bwli a'i ffrindiau'n pigo arni. Ond yn hytrach na chrio o'u blaenau, y mae hi wedi llwyddo i ddianc i'r tŷ bach â'i hysgyfaint bron â byrstio. Bu ond y dim iddi fethu â chyrraedd hafan y blwch petryal mewn pryd, ond gyda phenderfyniad aruthrol, y mae hi wedi gwneud. Wrth iddi gloi'r drws â'i dwylo'n crynu, mae'r dagrau'n gorlifo a thasgu i lawr ei bochau. Mae hi'n stwffio'i llaw i'w cheg i dawelu'r nadu herciog ond yn ofer. Y mae ei chalon yn torri. Y mae'r ysgol yn hunllef. Ond chaiff o, y bwli cas, mo'i gweld hi fel hyn, chaiff o mo'r boddhad o'i gweld hi wedi brifo; dim ond y pedair wal yma gaiff fod yn dyst i'w gwir deimladau. Ac adre heno, mi gaiff hi dynnu lluniau a mynd i ganol ei chreadigaethau, ei gwrachod a'i thylwyth teg a'i thywysogion a'i thywysogesau, ei byd bach perffaith hi ei hun, ymhell o'r ysgol a'r bwli.

Briw bychan yw'r briw ar fys Myfi. Mae hi'n

troi'r tap dŵr oer. Ar yr un pryd, tynnir tsiaen un o'r toiledau. Lle bu tawelwch oddi mewn i'r teils gwyn, yn awr mae sŵn dŵr yn tywallt. Yn y drych, gwêl Myfi ddrws un o'r blychau'n agor a daw merch benfelen allan. Mae Myfi'n sylwi ar y cochni o gylch ei llygaid ond nid yw'n dweud dim. Try o'r drych er mwyn siarad yn uniongyrchol â'r plentyn.

'Haia!'

Nid yw'r ferch yn ateb, ond mae hi'n nodio ac yn camu'n swil at y sinc.

'Myfi. 'Di dod i weithio 'ma hefo chi. Falla bo' ti'n gwbod?'

Mae'r ferch yn nodio.

'Be 'di dy enw di?'

'Gwen.'

'Gwen. Enw del. Delach na Myfi. Myfanwy ydi o rîli, ond ma' pawb yn galw fi'n Myfi . . . O wel, ni'n siŵr o ddod i 'nabod 'yn gilydd dros yr w'thnosa' nesa 'ma, Gwen . . . a deud y gwir, ma'n siŵr y byddi di'n *sick of the sight of me* erbyn 'Dolig!'

Mae Gwen yn nodio'n swil a thry Myfi yn ôl at y drych. Gwêl ferch fechan olau, a dynes dal, dywyll. Mor wrthgyferbyniol. Ac eto . . .

5

Yn y neuadd â'i nenfwd uchel, eistedda'r plant i gyd ar lawr. Niferant bedwar ugain a saif Gruffydd ar lwyfan o'u blaenau gyda Myfi ar gadair gerllaw. Estynna Gruffydd groeso i Myfi â thinc watwarus yn ei lais.

'Ia, wel, gobeithio bod ein gwestai arbennig ni 'di medru 'nallt i, a hitha'n dod o—wel, o 'Mericia crbyn hyn. Rhag ofn nad ydach chi ddim cweit 'di dallt be ddudish i . . . Mrs 'ta Miss . . . 'ta Ms?'

'Un o'r ddau—dim ots . . .'

'*Miss* Jones. Jyst deud o'n i cymaint o anrhydadd ydi o, i ysgol fach ddi-nod fel hon—fod actoras enwog wedi'n dewis ni o bawb . . .'

'Enwog? Fi?!'

'Wel, 'dach chi 'di bod ar lwyfanna'n do? A ffilmia', ma'n debyg . . . Ddim bo' ni 'di 'u gweld nhw fan'ma—'dan ni'n bell ar 'i hôl hi, 'dach chi'n gweld, Miss Jones. Rhyw bobol ddigon syml ydan ni. Ond dwi'n siŵr y cewch chi'r plant fudd mawr o weithio efo Miss Jones. Chi a Mr Preis, y gŵr sy'n dod ar 'yn ôl i fel prifathro. Mae *o*'n siŵr o elwa. Reit! Dwi'm yn meddwl fod 'na'm byd arall fedra i ddeud, felly os g'newch chi fy esgusodi fi, Miss Jones . . . Mi 'na i 'u gada'l nhw'n ych dwylo medrus chi.'

Neidia Gruffydd oddi ar y llwyfan a mynd am y drws.

'O. Iawn. Diolch, Mr Griffiths.'

'Gruffydd.'

'Sori . . . Mr Gruff-ydd.'

Ond mae Gruffydd wedi mynd. Mae rhai o'r plant yn piffian chwerthin ymhlith ei gilydd.

'Hei! *Come on*! Griffiths ydi be dwi 'di arfar ddeud! A 'di 'Nghymraeg i 'm cweit fyny i'ch safon chi, *O.K.*?'

Gwena Myfi ar y pedwar ugain sy'n eistedd ar y llawr â'u coesau'n gris-groes, yn sbio arni fel petai o blaned arall.

'Reit, y . . . wel . . . 'Dach chi i gyd yn gwbod pam dwi yma . . .'

Mudandod. Llygaid yn rhythu. Try Myfi at yr unig lygaid y mae'n eu 'nabod:

'Gwen?'

Mae'r pennau'n troi i edrych ar Gwen. Y mae dirmyg yn llawer o'r llygaid.

'Y . . . 'dach chi'n mynd i 'neud *Blodeuwedd* hefo ni.'

''Na ti! 'Dan ni'n mynd i 'neud sioe efo'n gilydd. Am y ddynas o floda' sy'n troi'n dylluan. Chi gyd yn gwbod stori Blodeuwedd, ma'n siŵr. 'Dach chi'm yn gwbod pa mor lwcus ydach chi— y mynyddoedd a'r llynnoedd 'ma o'ch cwmpas chi, pob un efo'i stori i'w hadrodd. 'Dan ni 'di colli'r rhan fwya o'r storis. Ond diolch byth, ma' amball un 'di hongian 'mlaen, 'di gwrthod diflannu. Fel darna' o jig-so 'dach chi'n ffeindio dan y carpad flynyddoedd ar ôl i chi anghofio am y jig-so 'i hun!'

Rhytha'r plant arni, yn methu gwneud pen na chynffon o'i geiriau.

''Dach chi'n gwbod faint mor hen ydi stori Blodeuwedd? Wel dduda i 'thoch chi. Ma' hi'n hŷn na fi. Ma' hi'n hŷn na'ch nain a'ch taid chi. Ma' hi hyd yn oed yn hŷn na nain a taid ych nain a'ch taid! A deud y gwir, ma' hi mor hen, does neb yn *gwbod* faint mor hen ydi hi! Ond dyna be sy'n dda am y gorffennol—dydi o byth yn gorffen. Ma' bywyd 'fath â *CD*: 'dan ni heddiw, fan hyn, ar un trac, yn mynd rownd a rownd, ac ma'r gorffennol, mae o ar drac arall, yn mynd rownd a rownd, *yn dal i ddigwydd*, jyst bod ni'n methu 'i glywed o am bod ni'n styc ar 'yn trac bach ni. Ond os gwrandwch chi'n ofalus, weithia' mi fedrwch chi 'i glywed o, o bell, fel eco, yn dod yn ôl a'ch hitio chi.'

Mae'r plant yn anesmwyth: pwy *ydi* 'r hurtan hon?

'Sori! Unwaith dwi'n dechra' . . . Rhaid i chi beidio bod yn swil . . . Deud wrtha i i gau 'ngheg pan dwi'n mynd off fel 'na eto, *OK*? Reit! Lle o'n i? Ia. Blodeuwedd. Gynnon ni saith w'thnos i weithio efo'n gilydd ar y sioe, ac os 'dan ni'n lwcus—fyddwn ni'n barod erbyn 'Dolig. 'Neith o chênj, yn g'neith o, o stori'r geni—'chydig o baganiaeth!'

Tawelwch llethol. Llygaid gwag. Bochau Myfi'n poethi. Ond yna gwêl wên ymhlith yr wynebau llonydd, fel winc goleudy yn y düwch. Gwen. Wedi gwenu, wedi cynhesu at y ddynes newydd od hon.

6

Safai Gruffydd ar y palmant â'i gefn at gatiau'r
ysgol, yn sbio i'r dde ac i'r chwith yn ddi-
amynedd. Doedd o'm yn dallt. Roedd y traffig yn
y Llan wedi treblu yn y blynyddoedd diwetha.
Pam? Doedd dim gwaith yma; cau oedd tynged y
rhan fwya o fusnesau, ac eto roedd mwy o draffig
nag erioed. Ochneidiodd yn flin a chydio'n dynnach
ym magiau Myfi. Roedd hithau y tu ôl iddo, fel
cysgod. Daeth lorri drom heibio a gyrru'n syth
drwy bwll o ddŵr. Gwlychwyd Gruffydd a rhegodd
dan ei wynt. Brathodd Myfi ei gwefus er mwyn
peidio chwerthin. Yn ei dymer, croesodd
Gruffydd y ffordd er bod car yn dod yn gyflym.
Agorodd Myfi ei cheg i'w rybuddio ond glynodd
ei llais yn ei gwddw. Caeodd ei llygaid a chilio'n ôl
at y bariau haearn. Gwibiodd y car heibio gan ganu
ei gorn. Agorodd Myfi ei llygaid yn araf: roedd
Gruffydd wedi croesi i'r ochr arall yn saff.

Agorodd Gruffydd fŵt y car oedd wedi ei barcio
yn union gyferbyn â gatiau'r ysgol, o flaen tŷ
mawr ar ei ben ei hun. Lluchiodd fagiau Myfi i
mewn, cyn taflu golwg yn ôl ar draws y ffordd: be
goblyn . . .? Roedd y g'loman wirion yn dal heb
groesi! Oedd hi am iddo gydio'n ei llaw neu
rwbath?

''S'na'm byd yn dŵad . . .' gwaeddodd, a
gwenodd hithau'n edifeiriol cyn gwibio ar draws y
ffordd.

'Sori. Ma' gin i *thing* am geir . . .'

'*Thing*?'

'Sori. 'Y Nghymraeg i'n . . . O *God*, be 'di'r gair . . . *rusty* . . .'

'Rhydlyd . . .'

'Ia. Yndi. Sori.'

Daeth llais o gyfeiriad y tŷ. Trodd Myfi, yn falch o osgoi llygaid blin Gruffydd. Gwelodd ddynes gron, ganol oed.

'Helô! Chi 'di Myfanwy, ma' rhaid. Gwraig Ifor dwi. Meri. Dda gin i'ch cwarfod chi.'

'O. Diolch. Ma'n dda cwarfod chi 'fyd . . . Myfi.'

'Wel. 'Dach chi 'di cyrraedd yn saff: ma' hynny'n un fendith.'

'Do.'

'O'n i'n meddwl mai heno ddudist ti o'dd hi'n cyrraedd, Ifor.'

'Y. Fi gath o'n rong. Ddim Mr Gruffydd. Amser y ffleit . . .'

'Wn i'm sut 'dach chi'n medru godda' fflio! Dim ond unwaith 'rioed fuis i mewn eroplên ac mi o'dd gin i gymint o ofn. Ond dyna fo—ma' Ifor bob amsar yn deud 'mod i'n anobeithiol am drio petha' newydd! Mae o'n iawn, hefyd!'

Agorodd Gruffydd ddrws y car yn swta ond yn ei blaen yr aeth Meri: 'Pryd gyrhaeddoch chi?'

'O. Tua awr yn ôl.'

'Ma' rhaid bo' chi 'di ymlâdd. 'Dach chi 'di byta? Dowch—dowch i'r tŷ—fydda i'm chwinciad yn g'neud rhwbath . . .'

Roedd Myfi ar fin derbyn pan glywodd dincial diamynedd goriadau car.

'Y . . . diolch . . . ond . . . wel, os 'dach chi'm yn meindio, 'sa'n well i fi drio ca'l 'chydig o gwsg.'

'Wrth gwrs . . . Ond ar ôl i chi ddadflino—*rhaid* i chi ddŵad acw, yn rhaid, Ifor? Mi ddangosith Ifor lle ma' pob dim i chi, Myfanwy . . .'

'Myfi.'

'Myfi . . . Mi ddyla'r bwthyn fod yn gynnas neis. Gwres 'di bod 'mlaen drw'r bora . . . ac mi o'dd 'na fusutors yno drw'r ha', felly ma' 'na ôl byw ynddo fo, ddim 'fath â gewch chi mewn rhai tai ha'—hen ogla damp, w'ch chi—yr ogla anghynnas 'na . . .'

'Meri . . .'

'Sori! Ia. Cerwch chi. Hwyl i chi, Myfan . . . Myfi.'

'Ia. Diolch . . . Hwyl.'

Yr oedd Gruffydd wedi cynnau'r injan, a chyn iddi fedru cau ei gwregys diogelwch, yr oedd y car wedi cychwyn am y bwthyn.

Un stryd fawr oedd y Llan, i bob pwrpas, gyda strydoedd llai yn ffrydio ohoni. Arni hi roedd pob adeilad o bwys i'r gymdeithas: yr ysgol, y capel, y dafarn, y fynwent. Ac enw'r stryd hon oedd Stryd Heulog. Yn sydyn, breciodd Gruffydd. Roedd meddwyn wedi baglu o dafarn y *Stag* ac wedi camu i'r ffordd heb sbio. Siglai, fodfeddi o flaen y car, gan syllu'n niwlog drwy'r ffenestr. Yr oedd yn gymharol ifanc, tua'r un oed â Myfi, a dim golwg symud arno. Ceisiodd wenu ar y pâr yn y car.

'Alcohol—melltith!' meddai Gruffydd dan ei

wynt, a throi trwyn y car er mwyn osgoi'r meddwyn. Syllodd hwnnw ar y car yn gadael y Llan. Torrodd wynt, a gwgu . . . Ifor Gruffydd oedd hwnna? 'I gar o oedd o. Pwy uffar' oedd efo fo? Peth digon handi. Duw, werth mynd 'nôl i'r *Stag* am un, i ddeud yr hanas. Ac yn ôl i mewn â fo.

Roedd y niwl wedi codi erbyn i gar Gruffydd adael y Llan a gallai Myfi yn awr weld copaon y mynyddocdd fel torch bigog o gylch y dre, yn llwyd fymryn tywyllach na llwyd yr awyr; nid oedd yn hawdd gwybod lle'r oedd yr awyr yn dechrau a'r mynyddoedd yn gorffen.

'Chi'n garedig iawn . . . yn rhoi lifft i fi . . . Ydi o'n bell? Y bwthyn?'

'Na.'

'O, Da iawn . . . Y mynyddoedd 'ma. Ma' nhw mor hardd. *Magical. Mysterious* . . . 'Sgynnyn nhw enwa'?'

'Tractor!'

'Sori?'

Edrychodd Myfi drwy'r ffenestr a gweld tractor o'u blaenau. Arafodd Gruffydd ac roedd hyn yn amlwg yn dân ar ei groen oherwydd fe wyrai allan bob munud er mwyn trio goddiweddyd. Roedd blaen ei gar bron yn cyffwrdd yng nghefn y tractor a âi'n ei flaen yn hamddenol braf heb ofid yn y byd. Cydiodd Myfi yn ei gwregys diogelwch a pharhau i siarad, yn fwrlwm herciog, nerfus. ''Sgynnoch chi ddiddordab yn yr hen chwedla'? Dwi'n methu gwitsiad. I fynd fyny i'r *locations*.

Tomen y Mur. Llyn y Morynion . . . Ydan nhw'n
. . . anodd 'u cyrra'dd?'

Ond doedd o ddim yn gwrando. Roedd o'n
llygadrythu ar y lôn.

'Ma'n od, bod 'nôl, yng Nghymru. 'Di bod trw'
amsar calad—ca'l traffarth actio. Ffeindio stori
Blodeuwedd, yn un o'r *New Age Bookshops* yn
L.A.: *kinda like fate . . .* '

Roedd Gruffydd wedi cael llond bol. Llond bol
o'r tractor. Llond bol o'r g'loman glebrog a'i
hiaith fratiog. Llond bol o bob dim. Tynnodd
allan. Cornel ddall. Petai rhywbeth yn dod, byddai
wedi canu arnynt.

Ond ddaeth dim byd. Tynnodd Gruffydd yn ôl i
mewn o flaen y tractor, wedi ymlacio rhywfaint.
Ac o leia roedd o wedi tewi'r g'loman glebrog.
Trodd y radio 'mlaen rhag ofn iddi gael ail wynt.
Seiniodd llais contralto drwy'r car:

> *Pererin wyf mewn anial dir*
> *yn crwydro yma a thraw,*
> *ac yn rhyw ddisgwyl bob yr awr*
> *fod tŷ fy Nhad gerllaw . . .*

Daeth y ddau o'r car ger bwthyn bach gwyn-
galchog ymhell i fyny yn y mynyddoedd. Yr oedd
y bwthyn fel rhywbeth allan o stori dylwyth teg
a'r olygfa'n llesmeiriol: copaon y mynyddoedd
anial uwchlaw a'r Llan islaw yn ceseilio yn y cwm.

'Ma' hyn yn ffantastic,' meddai hi, ond tawodd
wrth weld fod Gruffydd wedi troi ei gefn arni ac

wedi cychwyn am y tŷ. Cododd ei hysgwyddau a'i ddilyn.

Y nenfydau isel oedd y peth cynta a'i trawodd. Yn llythrennol. Trawodd ei phen wrth fynd trwy'r drws: roedd hi'n rhy dal i'r bwthyn, yn groes i Gruffydd oedd yn ddigon byr i ffitio i mewn. Arweiniodd Gruffydd hi o gwmpas yr ystafelloedd yn ddiffwdan a gwyrodd hithau ei phen wrth ei ddilyn, fel rhyw Eira Wen gawraidd ym mwthyn y saith corrach.

I fyny'r grisiau, roedd un ystafell wely ac un ystafell ymolchi. I lawr y grisiau roedd parlwr bychan a chegin. Daeth y daith-o-gylch-y-tŷ i ben yn y gegin.

'Mae'r cyfleustera' modern i gyd yma. 'Dan ni'n 'i rentu fo allan bob ha'. 'Di Meri ddim isio'i werthu fo—hen gartra 'i theulu hi . . . 'Sa'n well gin i ga'l 'i warad o: maen melin . . . Ma' 'na fara yn fancw, tunia' yn y cypyrdda' a wya' a menyn yn y ffrij.'

'O, dyna ffeind . . .'

'Syniad Meri. Os 'dach chi isio rhwbath arall—ma'n rhif ffôn ni wrth y drws cefn.'

Trodd i fynd. 'O ia. Os 'dach chi isio llaeth ffresh yn y bore, mi dduda i wrth y ffarm drws nesa.'

'Na. Dwi'n *allergic* i laeth . . . diolch.'

'Iawn. Reit. Wel . . . gobeithio fyddwch chi'n . . . hapus yma. Waeth i mi ddeud wrthach chi rŵan—mae'n medru bod yn unig. 'Di gweld llawar 'run fath â chi—meddwl eu bod nhw isio

35

llonydd, bod yn bell o bob man . . . Rhan fwya'n cael digon ar ôl wythnos ne' ddwy—rhy dawal iddyn nhw, yn enwedig yn y nos.'

'Fydda i'n iawn. Dwi'n licio'r nos. Dyna pryd dwi am 'neud y rhan fwya o 'ngwaith . . . ar y *laptop* . . . yn sgwennu'r sioe.'

'Ma' Meri 'di deud os byddwch chi'n cael digon —fod 'na groeso i chi ddŵad acw.'

'Gofia i hynny.'

Oedodd Gruffydd: 'Y . . . pryd 'dach chi am gychwyn? Efo'r plant.'

'O. Gora po gynta.' Stopiodd, yn edrych yn blês efo hi ei hun. 'Gora po gynta—ma' 'Nghymraeg i'n gwella'n barod!'

'Ma' nhw'n swil. Y plant. Ella cân nhw draffarth i'ch dallt chi'n siarad . . . ddim 'mod i isio codi bwganod . . .'

'Peidiwch poeni! Dwi'n siŵr fydda i'n siarad cystal â chi mewn d'wrnod ne' ddau! Fel 'na ydw i: dwi 'di newid 'yn acen dwn i'm sawl tro. 'Sach chi'n 'y nghlywad i'n siarad Saesneg, fasach chi'n meddwl 'mod i 'di ca'l 'y ngeni a 'magu yn L.A. ddim yn . . . Sir Gaernarfon. *Chameleon*—dyna ydw i, 'fath a pob actor, ma' siŵr.'

Agorodd Gruffydd y drws, a chamu allan.

'Diolch am fod mor ffeind . . .' meddai Myfi.

Ond drws yn cau oedd yr ateb a gafodd.

Fyny Fry

Ydych chi'n dal gyda mi? Neu a wyf wedi eich colli ar yr hediad? Efallai eich bod chi wedi dechrau amau. Mae rhywbeth yn rhyfedd am fy Myfi i. Efallai fod rhywbeth yn rhyfedd am bob un o 'nghymeriadau. Efallai fod rhywbeth yn rhyfedd amdanoch chi, gydhedwr . . . Na, efallai ddim. Yr ydych mor normal â phawb arall. Mor wyn â 'mhlu innau. Maddeuwch imi fy hwtian cellweirus: cellwair, wyddoch chi, yw gwarchae olaf pob enaid clwyfus.

Dewch. Y mae hi wedi nosi bellach. Mae'r bwthyn bach gwyngalchog yn disgleirio yng ngolau'r lloer. Lloer dirion, lliw'r dydd, mewn poen ac mewn penyd, mewn breuddwyd mor brudd, trwy syndod rhyw syw, mae'r galon mor gwla, ni fydda i fawr fyw . . .

Dewch. Hedwn at y muriau gwyn. Hedwn at ei hystafell wely hi. Clwydwn ar sil ei ffenestr. Anadlwn ar y gwydr. Y mae hi ar ei phen ei hun, yn tybio ei bod yn ddiogel rhag pob trem. Gadewch i ni ysbïo arni, yn llygatlym. Gweld y chameleon yn ei chroen ei hun.

Y mae hi'n dadlwytho'i ches. Sylwch. Mae ei dillad oll yn ddu. A'i dillad isaf yn wyn, yn wyn a phlaen. Fel dillad isaf merch fach. Plentyn.

Y mae hi'n codi ei chôt law blastig ddu. Ei chlogyn gwarcheidiol. Sylwch mor dyner yw'r dwylo wrth afael yn y clogyn. Bron nad yw'n anwylo'r deunydd synthetig wrth iddi ei roi i grogi ar gefn drws ei hystafell wely.

Beth mae hi'n ei wneud yn awr? Estyn yn ddwfn i'w ches. Ai ymbalfalu am drysor y mae hi? Plymio am berl?

Llun. Y mae hi'n tynnu llun o waelod y ces, hen un du a gwyn, wedi melynu. Llun o ddyn. Mae hi'n edrych ar y llun. Todda'r llygaid brown yn siocled meddal. A oes dagrau ynddynt neu ai'r lloer sy'n chwarae triciau â'r golau? Mae hi'n rhoi'r llun ar y cwpwrdd bychan wrth y gwely er mwyn iddo'i gwarchod yn dadol pan fydd yn cysgu.

Mae hi'n dechrau dadwisgo. A ddylem aros, yma ar sil y ffenestr? Oni fyddai'n fwy gweddus i ni droi ein golygon i rywle arall? Gadael llonydd i Myfi ddirgel a'i dillad du a'i dillad isaf gwyn? Oni ddylem edrych draw at y mynyddoedd sydd fel hetiau gwrachod dan gylch arian y lloer?

Na. Yr ydym wedi ein cyfareddu. Fedrwn ni ddim tynnu ein llygaid oddi ar y ddynes hardd yn dadwisgo. Llygadrythwn. Dan swyn.

Ei chefn sydd atom. Y mae hi'n llacio'r gwregys am ei chanol. Syrthia ei sgert hir ddu i'r llawr. Syrthia'n gylch o amgylch ei thraed. Gwelwn goesau hir, brown. Gwelwn amlinell pen-ôl lluniaidd dan gotwm gwyn y dilledyn isaf. Yr ydym am iddi dynnu'r dilledyn isaf, am iddi ddatgelu'r cyfan. Ac eto, mae mwy o gynnwrf yn yr hyn nas gwelir, yr hyn nas datgelir.

Yn araf a gosgeiddig, y mae hi'n camu allan o gylch ei sgert. Plyga i godi'r defnydd du. A thry at y ffenestr. Peidiwch â phoeni. Nid yw wedi ein gweld. Ymddiriedwch ynof. Yr ydych dan fy adain i yn awr.

Daw at y ffenestr. Y mae hi mor agos atom fel y gallwn weld ei hanadl ar y gwydr. Y mae hi'n cau'r llenni. Yn ein cau ni allan. Rhaid bodloni ar hynny am heno.

38

7

Mae'r teulu bach Gruffydd yn eistedd o gwmpas y bwrdd bwyd: Dadi Gruffydd, Mami Gruffydd a Babi Gruffydd. Dadi Gruffydd sydd â'r plât mawr. Mami Gruffydd sydd â'r plât canolig. Babi Gruffydd sydd â'r plât bach.

Dyw Babi Gruffydd ddim yn fabi ddim mwy. Mae hi'n saith oed. Gwen yw enw Babi Gruffydd. Meri yw enw Mami Gruffydd. Ac Ifor yw enw Dadi Gruffydd. Mae Gwen yn meddwl y byd o Mami a Dadi. Mae Dadi a Mami yn meddwl y byd o Gwen. Y maen nhw'n deulu bach hapus dros ben, ac wedi gorffen swper bendigedig.

'Fyddwch chi'n gweithio efo hi, Dadi?'

'Mm?'

'Y ddynes sy'n g'neud Blodeuwedd efo ni . . .'

Mae Dadi Gruffydd yn ysgwyd ei ben.

'Pam?'

'*Dyna* pam.'

'Pam, Dadi?'

''Di o ddim byd i 'neud efo fi.'

'Pam?'

'Am nad *ydi* o, *dyna* pam!'

'Ifor . . .'

'Paid ti â dechra'! Be wyddost *ti*? Deng mlynadd ar hugian! Dyna faint dwi 'di roi i'r ysgol. A be 'di'r diolch dwi'n 'i ga'l ar 'i ddiwadd o? Bod yn was bach i ryw blydi actoras!'

'Gwen. Dos i dy lofft . . .'

'Dadi?'

'Ma' Dad yn iawn. Paid ti â phoeni am Dad. Dos rŵan, 'na hogan dda.'

Mae Gwen yn syllu ar ei thad. Mae yntau'n nodio'n flinedig.

'Ydw. Dos di. Mae Dad 'di blino—dyna i gyd.'

'Ond be am y gêm o gardia'?'

'Yn y munud . . .'

'Chi'n gaddo?'

'Ydw.'

'Go wir.'

'Wir yr.'

Mae aeliau pryderus Gwen yn datgloi. Mae Dadi'n iawn rŵan. Dim ond cogio roedd o gynna', pan edrychodd o'n wyllt gacwn a deud gair hyll. Aiff Gwen allan, a chlywir ei thraed ar y grisiau. Mae tawelwch rhwng y rhieni nes iddo fo ddweud:

'Rhwbio 'nhrwyn i ynddo fo . . . Ond ti'm yn poeni am hynny, wyt ti?'

'Ydw. Wrth gwrs 'mod i.'

'Hy! Cyn belled bod 'na ddigon o bres pensiwn . . .'

'Naci! Jyst meddwl am y plant dwi.'

'A be amdana i? Oes rhywun yn meddwl amdana i? Mm?'

Fflamiodd ei lygaid arni nes iddi ostwng ei threm. Ers misoedd roedd o wedi bod fel tiwn gron yn bytheirio fel roedd y system addysg yn ei erbyn, y llywodraethwyr wedi g'neud cam ag o, a phawb yn cynllwynio i'w fychanu. Codasai pwysedd gwaed Meri i'r entrychion. Ond prin y sylwodd ei gŵr: roedd yn rhy lawn o'i ddolur ei hun, yn rhygnu 'mlaen ei fod yn fethiant, nad oedd ei fywyd yn golygu dim, nad oedd dim o'i flaen ond blynyddoedd hesb henaint.

'Waeth iddyn nhw 'nhaflu i ar y doman sbwriel, ddim. Dwi'n da i ddim i neb rŵan. Dim iws i neb . . .'

'*Wrth gwrs* dy fod di. Gei di ddechra' paentio rŵan. O ddifri. Ti bob amsar 'di deud nad oedd gin ti'r amsar.'

'Hy! I be?'

'I chdi dy hun. I Gwen . . .'

Ia. Gwen. Gwen fach. Heblaw amdani hi, pwy a ŵyr beth fyddai o wedi ei wneud? O'r munud y clywodd ei fod yn gorfod cymryd ymddeoliad cynnar, aeth i iselder, ac er iddo geisio cuddio'i ddigalondid oddi wrth Gwen, roedd hynny'n amhosibl am ei bod hi mor sensitif i'w deimladau, bron fel petai wedi ei dhiwnio i'r un donfedd. Oedd, roedd Gwen yn agos at ei mam hefyd, ond rhyngddi hi a'i thad roedd y rhwymyn dynnaf. Nid fod Meri yn meindio. Roedd hi mor falch fod Gwen yn holliach, yn fyw. Wedi'r cyfan, bu'n aros mor hir amdani ar ôl colli babi ar ôl babi yn y groth. Ond digwyddodd y wyrth, yn hwyr yn y dydd, a daeth Gwen i'r byd, i wynnu eu byd, i lenwi'r gwagle a adawyd gan y brodyr a'r chwiorydd bychain na welson nhw erioed olau dydd. I lenwi'r gwagle rhwng y rhieni . . .

'Mi ddoith 'na rwbath,' meddai hi, ond nid atebodd yntau, dim ond edrych arni'n ddirmygus am ennyd. Be oedd pwynt trio egluro? Doedd hi'm yn dallt, ddim yn dallt fod cwmwl y felan yn ei fygu'n fyw ac awyr glir mor ddigyrraedd â'r gorwel. Teimlai fod ei fywyd fel dŵr yn llifo i lawr twll baddon ac yntau'n methu—ddim yn trio—ffeindio'r plwg. Er gwaetha'i Wen anwylaf, fedrai o ddim atal y dŵr rhag gwagio, gwagio.

'Dwn i ddim be ddigwyddith . . .' cychwynnodd, ond treuliodd ei lais i'r gwagle.

Yr ysgol. Yr ysgol fu ei fywyd. Rhoddasai ei fywyd iddi, ei egni, ei hunan-barch, ac yn sydyn iawn, fe'i tynnwyd oddi arno, heb hyd yn oed ddweud diolch. A dim ond ei deulu oedd ganddo ar ôl. A doedd hynny ddim yn ddigon. Er iddo roi ei holl obeithion yn Gwen, doedd hynny ddim yn ddigon. Beth am y presennol? Oedd ei fywyd drosodd ac yntau'n dal yn ei bumdegau? Ai'r cyfan oedd ar ôl iddo yn awr oedd eistedd yn ôl a gwylio bywyd ei ferch? Byw trwyddi hi?

Syllodd Gruffydd i'r gwagle, yn clywed dŵr cynnes ei fywyd yn llifo o'r baddon. Yn gwagio, gwagio. Yn oeri wrth fynd.

Fyny Fry

A ydych yn ddigon cynnes? Rhaid i chi faddau imi nad oes gennyf nyth i'ch gwarchod rhag yr elfennau. Gwn fod y gwynt yn fain i fyny fan hyn, y tu allan i'r bwthyn gwyngalchog a hithau'n nos. Os ydyw'n rhy oer gennych, ewch adref. Fel arall, gwasgwch yn nes ataf, i 'mhlu eich cynhesu, i mi fod yn gwrlid drosoch.

Mae llenni llofft Myfi yn dal ynghau. Ond yn awr y mae iddynt wawr werdd. Beth yw'r golau rhyfedd sy'n llewyrchu ar y llenni? Edrychwch! Mae rhwyg yn y llenni. Dewch i graffu trwy'r rhwyg i ganfod beth yw'r wawr od sy'n pelydru oddi mewn.

Welwch chi? Ei hamlinelliad yn y golau gwan? Mae hi'n eistedd ar ei gwely. O'i chôl y daw'r gwyrddni: ei chyfrifiadur ydyw, yn peri i'w hwyneb ddisgleirio'n wyrdd yn y düwch. Gorffwysa'r cyfrifiadur ar ei chôl fel baban. Gwyra ei phen ato, a dawnsia ei bysedd ar ei fotymau. Mae ei llygaid wedi eu hoelio ar y sgrin werdd, wedi eu swyno gan y peth byw sy'n dechrau tyfu o dan ei dwylo:

> *Y Dylluan Wen*
>
> *Sioe i blant*
>
> *gan Myfi Jones*
>
> *Hydref 31*

8

Mae Gwen fach yn ei llofft, yn eistedd ar ei gwely yn tynnu lluniau. Clyw leisiau i lawr y grisiau. I gau allan y sŵn cas, mae hi'n tynnu mwy a mwy o luniau er mwyn dianc at ei gwrachod ar eu hysgubau'n hedfan heibio i'r lleuad. Tasga'r straeon o'i genau i gyd-fynd â'r lluniau. Mae ei hunawd yn boddi sŵn y cordiau cras lawr grisiau.

Yn y man, synhwyra Gwen fod y storm wedi pasio, ac mae hi'n rhoi ei lluniau a'i beiro o dan y gwely. Gadawa ei llofft a cherdded at y grisiau agored. Tap tap tap. I lawr y staer â hi.

Egyr ddrws y parlwr yn ara deg: gwêl danllwyth o dân yn y grât, a Mami a Dadi o'i flaen, a'u hwynebau'n oren cynnes. Mae Gwen yn gwenu'n swil. Ysgydwa Dadi ei ben â'i lygaid yn sgleinio.

'Dwyt ti ddim yn anghofio dim, wyt ti, Gwen?'

''Naethoch chi addo.'

'Wn i. Ond mae'n hwyr.'

''Naethoch chi addo.'

''Mond tynnu dy goes di! Ty'd. Ista ar y stôl. Meri! Tyn y bwrdd coffi allan. Gawn ni gêm o flaen tân wedyn, ia Gwen?'

'Ia.'

Eistedda Gwen ar stôl fechan rhwng Dadi a Mami. Teimla'r fflamau yn llyfu ei chefn. Y mae hi ar ben ei digon. Nid oes dim yn well ganddi yn y byd i gyd na hyn: noson oer a'r gwynt yn chwythu, hi a Mami a Dadi yn gynnes glyd o flaen tân mawr, yn chwarae gêm, yn cael hwyl, yn chwerthin lond y lle. Mae pob dim cas yn toddi o flaen y fflamau ffeind.

'Pwy sy am ddelio 'ta?' medd Dadi Gruffydd.

Gwena Mami Gruffydd arno: 'G'na di. Ti'n well na ni.'

Nodia Dadi Gruffydd. 'Be 'dan ni am chwara'? *Guessing Whist*?'

'Na. Ma' Mam bob amsar yn g'neud petha' gwirion yn honna.'

'Ydi. Ti'n iawn.'

'Gewn ni chwara' *Slippery Anne*?'

'Be 'di peth felly?'

'Chi'n gwbod—pan 'dach chi'm isio *hearts*. Pan 'dach chi'n trio ca'l gwarad o'ch *hearts* a'r *Queen of Spades*—hi 'di'r *Slippery Anne*.'

'*Black bitch*?'

'Ia. 'Run gêm.'

'Iawn. Ella bydd dy fam 'di dallt y rheolau mewn rhyw ddwyawr!'

Wincia Dadi Gruffydd ar ei ferch. Gwena Babi Gruffydd yn ôl cyn canolbwyntio ar y cardiau'n rhaeadru o ddwylo Dadi. Mae'n aros iddo orffen delio cyn dechrau codi ei chardiau. Mae'n troi'r cerdyn cynta, ac mae ei chalon yn neidio i'w gwddw. Y *Queen of Spades*! Y Frenhines Ddu ei hun!

Fyny Fry

Sylla Myfi draw at y rhwyg yn y llen. A ydyw'n gweld
fy llygaid mawr yn edrych yn ôl, fel adlewyrchiad
mewn drych? Mae hi'n codi. Mae hi'n dod draw at yr
hollt lle tasga'r gwyrddni i'r nos.

Mae hi'n agor y llen. Ac yn edrych i fyny fry.
Gwibia cwmwl heibio'r lleuad llawn, y lloer dirion
lliw'r dydd mewn poen ac mewn penyd mewn
breuddwyd mor brudd, trwy syndod rhyw syw mae'r
galon mor gwla ni fydda i fawr fyw, pan welais dy
wedd ti a'm clwyfais fel cledd, ces ddolur heb wybod,
rwyf heno'n un hynod yn barod i'm bedd, o dduwies
fwyn dda clyw glwyfus un cla', o safia fy mywyd loer
hyfryd liw'r ha' . . .

Sylla Myfi ar y cylch arian sy'n llawn fel y groth
fisol cyn i'r clwy' ddod â charthu gwastraff y
gorffennol, carthu gwastraff y gorffennol er mwyn
cychwyn cylch newydd, main, glân . . .

Ust. Mae ei gwefusau'n symud. Gwrandewch:

> Tw-whit-tw-hw tw-whit-tw-hw
> Fe ddaw dial, ar fy llw,
> Ar Gwydion a'i wialen hud
> Am ddod â fi i mewn i'r byd . . .

Dial. Dial sydd wedi dod â Myfi i'r Llan.

Cylchu

9

Drannoeth, roedd Ifor Gruffydd yn eistedd y tu ôl i'w ddesg yn ei ystafell hanner gwag, yn edrych trwy hen luniau. Chwaraeai gwên ar ei wefus wrth i'r atgofion melys lifo'n ôl. Ac yntau'n ail-fyw y dyddiau da, daeth cnoc sydyn ar y drws. Ymsythodd a galw: 'Mewn!'

Agorodd y drws a gwelodd wyneb y dyn a faglodd allan o'r *Stag* y diwrnod cynt. Roger Preis. Gohebydd papur newydd rhan amser. Meddwyn llawn amser.

'Mr Gruffydd. Su' 'dach chi?'

'Roger. Be ti isio?'

'Pam bod pawb yn meddwl 'mod i isio rwbath o hyd?'

'Am dy *fod* ti, fel arfar.'

'Y? Y papur sy isio i mi 'neud darn arnach chi'n ymddeol . . . wir yr . . . w'chi . . . ugian mlynadd o wasanaeth a ballu . . .'

'Deg ar hugain.'

'Deg ar hugian. Ia. Ew . . . Be 'sa'r lle 'ma 'di 'neud hebddach chi?'

'Ti'n trio bod yn rhyfadd?'

'Y? Be? Dwi'n 'i feddwl o, Mr Gruffydd. Neb ohonan ni fuodd drw'r ysgol 'di'ch anghofio chi. 'Dach chi 'di gada'l ych marc . . .'

Edrychodd Gruffydd yn hir ar Roger. Oedd o'n tynnu arno, neu oedd o'n bod yn ddidwyll? Anodd deud efo Roger. Fe'i cofiai'n ddisgybl yn ôl yn niwedd y chwedegau: un aflonydd, bob amser mewn helynt, yn rhaffu c'lwyddau. Fawr o syndod efo'i fam i mewn ac allan o'r ysbyty meddwl a'i dad yn gaeth i'r ddiod gadarn. Dylasai deimlo'n flin drosto ond doedd o erioed wedi medru. I'r gwrthwyneb: hyd yn oed yn blentyn, roedd o'n ei wylltio efo'i lygaid anghenus, yn crefu am sylw a chariad. Ffieiddiai Gruffydd yr olwg yn ei lygaid. Ni wyddai pam. Doedd dim rheswm. Ymateb greddfol. Rhywbeth na fedrai o mo'i helpu. Brwydrai'n ddyddiol i reoli ei dymer efo Roger, i beidio pigo arno, ond methai yn amlach na pheidio: roedd yr awydd i'w sathru mor afresymol o gry'.

''Sach chi'n fodlon? I mi 'neud darn amdanach chi?'

'Byswn.'

'Y . . . at rwbryd mis nesa fydda hynny. 'Dach chi'm yn mynd tan y 'Dolig ydach chi? Ddim cymint o frys.'

'Os nag oes brys—pam bo' ti yma rŵan?'

'O ia. Ha ha. Bron i mi anghofio. Fysa fo'n bosib imi—y papur 'lly—ga'l gair hefo Myfanwy Jones—ma' hi wedi cyrraedd, yn do?'

Syllodd Gruffydd yn oeraidd arno.

'Ydi. Doedd dim isio i ti fynd i'r fath draffarth.'

'Mm?'

'Deud celwydd bo' ti isio g'neud darn amdana i.'

'Ond mi *ydan* ni.'

'Diffodd dy sigarét 'nei di? Habit ffiaidd. Ac aros yn fan'ma.'

'Be? Pam? Lle 'dach chi'n mynd?'

'I nôl Myfanwy Jones, 'de? Gan mai *hi* ti isio'i weld!'

A gadawodd Gruffydd yr ystafell. Chwarddodd Roger yn blentynnaidd ar ôl iddo fynd, ac edrych ar ei sigarét: roedd ei gwynder yn cyferbynnu â'i fysedd melyn-gwêr-clustiau. Cymerodd ddrag hir a chwilio am flwch llwch i'w diffodd. Welai o'r un. Trodd i agor y drws. Doedd y toilets ddim yn bell, jyst lawr y coridor, os cofiai yn iawn. Cydiodd yn y ddolen. Ac oedi. Syrthiodd ei lygaid ar y clogyn du yn crogi ar gefn y drws. Clogyn Mr Gruffydd. Clogyn y prifathro. Yn sydyn, stybiodd y sigarét allan. Ar y clogyn. Â wyneb gwyllt. *Hapus rŵan, sili sosej, lembo dwl, hogyn drwg?* Pefriai ei lygaid wrth losgi cylch yn y clogyn du.

10

Eistedda'r plant ar lawr y neuadd yn syllu ar Myfi'n dweud y stori. I Gwen, mae rhywbeth ynglŷn â'r ffordd y traddoda Myfi, ynglŷn â'r llygaid yn pefrio, sy'n dod â'r chwedl yn fyw o flaen ei llygaid. Nid Gwen yw'r unig blentyn sydd dan y swyn.

'Unwaith, amser maith yn ôl, roedd dewin mawr a chry' o'r enw Gwydion. Roedd o'n byw yn y mynyddoedd—y mynyddoedd 'dach chi'n eu gweld allan drwy'r ffenestri . . .'

Mae llygaid y plant yn troi at y ffenestri . . .

'Un diwrnod, mae Gwydion yn mynd i'r caeau, ac yn casglu blodau gwyllt er mwyn creu rhwbeth. Creu be?'

Sylla'r plant yn ddisgwylgar . . .

'Dynes. Ond nid unrhyw ddynes: y ddynes brydfertha yn y byd. Gyda'i hudlath—'i *magic wand*—mae o'n bwrw'r blodau . . .'

Cwyd Myfi ei braich i daro'r blodau dychmygol â'i gwialen anweledig.

'A dyna lle'r oedd hi. Blodeuwedd!'

'Sori. Miss Jones? Ma' 'na rywun i'ch gweld chi . . .'

Llais oedolyn yn torri'r hud. Edrycha Myfi arno'n ddryslyd.

'Rŵan? Pwy?'

'Gohebydd. *Reporter* lleol.'

Sylwa Gruffydd ei bod hi'n ddrwgdybus ac fe'i

cysura'n nawddoglyd: 'Cyhoeddusrwydd da: *Good publicity*.'

'Ia. Dwi'n deall . . . Sori am hyn, blant. Y . . . fydda i'm yn hir . . .'

'Mae'n dri o'r gloch.'

'Mm?'

'Erbyn i chi orffen siarad efo Roger . . .'

'Roger?'

'Y gohebydd . . . Fydd hi bron yn amsar mynd adra.'

'O. Wela i. Reit . . . Wel . . . Wela i chi eto 'ta, blant. W'thnos nesa? Ella medren ni drefnu trip —be 'dach chi'n ddeud, Mr Gruffydd? Fyny i rai o'r *sights*?'

'Gawn ni weld. Ma' nhw'n gaddo glaw . . .'

Gadawa Gruffydd y neuadd ond nid yw'n falch ohono'i hun: y mae bod yn negyddol a chwerw yn waith caled, yn sugno'i egni ac yn trymhau ei galon drom yn drymach. Ond fedr o ddim peidio. Bob tro mae'r ddynes afieithus hon yn agor ei cheg, rhaid iddo ladd ei hysbryd. Bob tro y gwêl olau brwd yn ei llygaid, rhaid iddo ei ddiffodd. Fedr o ddim peidio, er ei fod yn gwybod nad yw'n gwneud lles i neb. Mae rhywbeth yn corddi ynddo bob tro y mae'n ei gweld, rhyw ruthr rhyfedd yn ei waed.

11

'Myfanwy Jones—Roger Preis.'

'Dda gin i gwrdd â chi.'

'Finna 'fyd. Clywad lot amdanach chi. Dre 'ma 'di bod yn edrach ymlaen at ych gweld chi.'

'Wel. Wela i'm fawr o bwrpas i *mi* aros yma. 'Dach chi isio coffi?'

'Dim i fi diolch, Mr Gruffydd.'

'Na, na fi.'

'Reit. Wel. Gwnewch ych hun yn *gartrefol*. Mi 'na i 'ngwaith rwla arall.'

Ac allan â Gruffydd, ei goegni'n hofran ar ei ôl fel cwmwl gwenwynig.

'Chi'n siŵr? Ych bod chi'n fodlon i mi 'neud cyfweliad?'

'Wel, 'swn i 'di licio ca'l rhybudd.'

'Pam? 'Sgynnoch chi rwbath i'w guddio? Ha ha! O ddifri—'dach chi'm yn meindio?'

'Hyd yn oed taswn i, dwi'n gwbod sut 'dach chi bobol y wasg. Mwya 'swn i'n gwrthod, mwya 'sach chi isio fi. Waeth i mi 'i ga'l o allan o'r ffordd.'

'Duw! Fydd o ddim mor boenus â hynny, siŵr.'

'Jyst cwestiyna' am y sioe dwi'n 'neud efo'r plant, *O.K.*? A 'ngyrfa i, os 'dach chi isio. Dim byd personol.'

'Ia, iawn . . . Dduda i be . . . be am i ni fynd i rwla arall? Dydi fan'ma ddim yn *cosy* iawn.'

'Nacdi?'

'G'neud imi deimlo 'fath â 'swn i 'nôl yn yr ysgol. Y wialen fedw fancw.'

'Be?'

'Gwialen fedw? Honna uwchben y ddesg, ar y bacha'.'

'O, ia.'

''Y nhin i'n brifo jyst wrth sbio arni!'

'Be? O'dd hi'n ca'l 'i hiwsio? Ar blant?'

'Oedd. Yn fy amsar i, 'de. Dydi hynny ddim mor bell yn ôl â 'dach chi'n feddwl, chwaith!'

'Ond cyn amser Mr Gruffydd?'

'Nefi blŵ, na! Fo oedd yn licio'i hiwsio hi fwya. Rêl blydi sêdist! Gath o'm lot o ddylanwad arna i—fel gwelwch chi! Ma' 'na byb reit dda i lawr y lôn.'

'Y *Stag*?'

'Ia. 'Na chi.'

'Welis i chi'n dod o 'na ddoe.'

'Be? Do? O do . . . Ew . . . 'dach chi'n cofio wyneba'n dda . . .'

'*Once seen, Roger* . . . Mm?'

Chwarddodd Roger ac agor y drws, a'i lygaid yn sleifio-sbio ar ei bronnau wrth iddi basio. Methai aros i gerdded i mewn i'r *Stag* efo'r fath bishyn. Byddai'r hogia' i gyd yn genfigennus: dipyn bach mwy o steil gin hon na'r genod oedd yn yfed peintiau o seidr an' blac ac yn smocio *Regals*.

Roedd y *Stag* fwy neu lai yn wag. Felly roedd hi bob p'nawn: dyrnaid o hen ddynion wrth y bar, dyrnaid o rai iau wrth y bwrdd pŵl; y criw hŷn yn sefyllian mewn tawelwch a'r criw iau â'u *juke box* yn boddi pob sgwrs. Trodd y pennau pan agorodd y drws. Trwy gyd-ddigwyddiad, peidiodd y miwsig yr un pryd. Roedd y pennau ar fin troi yn ôl at eu peintiau, eu papurau, eu peli pŵl, pan welson nhw wyneb dieithr tu ôl i Roger. Dynes! Roedd dynes hefo Roger!

Myfi oedd yr unig ddynes yn y dafarn. Yn reddfol, tynnodd ei chôt yn dynnach am ei brest fel petai'n trio cuddio ei benyweidd-dra. Daeth chwiban isel o gyfeiriad y bwrdd pŵl a phiffian chwerthin. Fflamiodd ei bochau a gwibiodd ei llygaid o gwmpas yr ystafell.

'Be gymr'wch chi?'

'*Coke.*'

'Dim byd cryfach?'

'Dydw i ddim yn yfed alcohol.'

'Be? O . . . wel . . . ia . . . iawn.'

Gwelodd Myfi seti gwag mewn congol ar wahân. Aeth yn syth atyn nhw, yn ymwybodol o'r llygaid gwrywaidd yn edrych arni bob cam o'r ffordd. Y tu ôl i'r bar, yr oedd dynes arall wedi ymddangos o'r cefn.

'Be gym'ri di, Roj?'

'Peint o seidr, Ann, a Choca Cola.'

Tynnodd Ann y peint ac edrychodd Roger o'i gwmpas yn fusneslyd. Winciodd Ann yn slei ar y ddau oedd yn clwydo ar y stolion uchel wrth y bar. 'Cariad newydd gin ti, Roj?'

'Y? Ddim eto 'de! Yr actoras o 'Merica. Jyst . . . y . . . g'neud iddi deimlo'n gartrefol.'

'A phwy well? Hei—fasa ddim well i ni 'i rhybuddio hi? 'I bod hi hefo Casanofa?'

Chwarddodd y ddau oedd ar ben y stolion. Ymdrechodd Roger i ymuno yn y chwerthin ond swniai'n annaturiol. Talodd am y diodydd ac aeth i eistedd at Myfi. Estynnodd am ei lyfr nodiadau a dechrau holi.

Yn y man, ymlaciodd Myfi. Roedd Roger yn ddigon clên ac wedi parchu ei dymuniad i gadw'n glir o bethau personol. Fel bob amser, ei bwriad oedd peidio dweud fawr o ddim, ond unwaith iddi ddechrau . . .

'*Working holiday*. Dyna sut dwi'n 'i weld o. Dwi 'di bod isio dod 'nôl i Gymru erstalwm a dwi wrth 'y modd hefo straeon y Mabinogion, Mabinogi— *whatever you say*! Pan welis i bod gin i ddau fis i ffwr' o 'ngwaith, ges i'r syniad o ddod adra, i Gymru, a gweithio efo plant.'

'Pam plant?'

'Ma' syniada' plant mor ffresh—mor llawn dychymyg . . . Dwi 'di cyrra'dd y *point* yn 'y mywyd lle dwi isio newid cyfeiriad . . . ella 'mod i'n *broody*!' Gwenodd, cyn mynd yn ei blaen: 'A deud y gwir, Roger, 'sgin i'm atebion pendant. Dwi i 'di ca'l dau fis off 'y ngwaith ac o'n i isio g'neud rhwbath gwahanol—rhwbath *positif*.'

''Dach chi'n ca'l ych talu?'

Chwarddodd Myfi ac ysgwyd ei phen.

'Be? Does 'na neb yn cyfrannu at ych costa' chi?'

''Yn syniad i oedd o. Felly dydi o 'mond yn deg

56

i fi dalu. Alla i ʼi fforddio fo, Roger, ac eniwe—
maʼ ʼna bethaʼ pwysicach nag arian.'

'Braf arnach chi!'

'Maʼn gambl—dwiʼm yn siŵr *be* ddigwyddith o
rŵan tan 'Dolig—maʼ hynnyʼn rhan oʼr *thrill*.
Ond mi fydd ʼna sioe ʼmlaen y noson cyn 'Dolig—
dwiʼn gaddo hynny . . . Peidiwch ag edrych mor
bored . . .'

'Mm? O na . . . Dwiʼm yn bôrd. Dydach chi
ddim hannar mor *boring* â be dwiʼn arfar gyfro—
pwy sy ʼdi caʼl ʼi eni, ncuʼn amlach na pheidio—
pwy sy ʼdi marw! Ac maeʼn neis caʼl hogan ddel o
gwmpas y lle.'

Gwenodd Myfi â llygaid marw. Welodd Roger
moʼr llygaid, dim ond y geg yn lledu. Ymwrolodd:
'Fedra i ddim ych temtio chi hefo dim byd cryfach?'

'Na.'

'W'ch chi be? 'Dach chiʼn ʼyn atgoffa i o rywun.'

Pe bai Roger yn fwy sylwgar fe fyddai wedi
sylwi ar ei bysedd yn estyn yn rhy sydyn am
sigarét. Cliciodd ei fys aʼi fawd, a chwerthin:
'Julia Roberts. *Pretty Woman*!'

'O. Wel . . . diolch yn fawr. *Compliment*!'

'Oes ʼna rywun arall ʼdi deud?'

'Naddo.'

'Wel ʼdach chiʼr un ffunud!'

Y tu allan iʼr *Stag* ar ôl iʼr cyfweliad orffen ac ar
ôl iddo glecian pedwar peint, mynnodd Roger roi
lifft iddi iʼr bwthyn, ac er iddi drio gwrthod ei
gynnig, aeth i mewn iʼr car am fod hynnyʼn haws
yn y pen draw.

'Ydach chi'n credu y dyliach chi fod yn gyrru? Ar ôl bod yn yfed?'

'Dim ond un ne' ddau ges i. Dwi'n iawn. 'Nabod y ffor' fath â cefn 'yn llaw. Wedi byw 'ma ar hyd 'yn oes—mi ddyliwn i 'i blydi 'nabod hi! 'Sach chi'n licio i mi fynd â chi i fyny i'r topia'— 'di Llyn y Morynion ddim cachiad i ffwr' . . .'

'Na. Jyst y bwthyn. Diolch.'

Gyrrodd Roger yn ofalus a phwyllog; yn rhy ofalus a phwyllog, os rhywbeth. Yn wahanol i Gruffydd oedd fel bom ar fin ffrwydro yng nghyfyngder y car, eisteddai Roger yn ddwfn yn ei sêt, ei ben yn gorffwys 'nôl, yn syllu'n bŵl ar y lôn, heb frys na braw.

O'r diwedd, cyrhaeddwyd y bwthyn, a chamodd Myfi o'r car gan edrych i lawr ar Roger y tu ôl i'r olwyn yrru.

'Diolch am y lifft.'

'Unrhyw bryd, 'de. Dwi'm yn gweithio bob dydd. 'Swn i wrth 'y modd—rhoi *guided tour* . . .'

'Diolch. Gofia i hynny. Hwyl, rŵan!'

Caeodd ddrws y car yn ei wyneb. Gwibiodd siom ar hyd ei wep. Roedd wedi disgwyl cael cynnig paned, o leia. Gwyliodd hi'n camu at y bwthyn yn ei chôt blastig ddu. Gollyngodd yr handbrec a bacio allan drwy'r gât. Roedd digon o amser. Wnâi o ddim pwyso arni.

Safodd Myfi ar y rhiniog yn gwylio'r car yn mynd wysg ei gefn oddi ar ei thir. Yn sydyn, neidiodd. Mygu sgrech. Roedd rhywbeth wedi

cyffwrdd ei choes . . . Rhywbeth cynnes. Edrych-
odd i lawr. Rhwbiai cath ddu yn erbyn croth ei
choes. Anadlodd allan. Morthwyliai ei chalon yn
erbyn ei brest. Ciliodd y braw. Sadiodd. Cyrcydodd.

'O lle doist ti 'ta? Mm? Be ddo'th â chdi i
fan'ma? Pwy wyt ti, 'y mhwtan fach unig i?'

Fyny Fry

Ymhell o glyw meidrolion, pur yw iaith Myfi, pur a chyhyrog a chry'. Nid yw ei thafodiaith yn frith o Americaneg, Llundeineg ac Arfoneg. Nid mwngrel coll a cholledig sy'n lleisio wrth y gath fach ddu, ond brodor. Brodores, wedi ei daearu mewn man a lle. Llathen o'r un brethyn â gweddill trigolion y Llan.

Neu ai dynwared y mae hi? Dynwared y brodorion? Ai'r chameleon sydd wrthi, yn newid ei lliw a'i llun? Neu ai dyma hi yn ei chroen ei hun?

Ai un o blant y Llan yw Myfi?

12

Aeth y dyddiau'n wythnosau. Bu Myfi gyda'r plant yn ysbeidiol—awr fan yma, awr fan draw—yn chwarae efo'r chwedl, yn gwrando ar eu syniadau, yn rhyfeddu at deithi idiosyncratig eu dychymyg. Ai i fyny wedyn i'r bwthyn a nodi'r cwbl, gan ddechrau amlinellu'r sioe ar ei chyfrifiadur côl. Oedd, yn ei llofft ynysig, yr oedd hi'n brysur yn plotio.

Ar ôl ychydig, trefnwyd trip i Lyn y Morynion, un o leoliadau enwoca'r chwedl. Gwnaeth Gruffydd ei orau i beidio â dod ond gwyddai mai ei gyfrifoldeb ef oedd y plant yn y pen draw ac na fedrai dynnu'n ôl. Ond os *oedd* o am gael ei hel i ben rhyw fynydd ar ddiwrnod oer o Dachwedd, doedd yr un o'i draed yn dod oddi ar y bws. O, na. Fe âi yn y bws efo nhw ond ar ôl hynny—lli gâi'r pleser o droedio drwy gorstir mwdlyd at lyn oedd yn union yr un fath â phob llyn arall yn yr ardal ond fod y rhan fwya o lynnoedd i'w gweld o'r ffordd, heb orfod baeddu traed a g'lychu at y croen i fynd atyn nhw. Ochneidiodd Gruffydd. Be oedd diben gweld y lleoliadau hyn? Oedd ganddi hi ddim dychymyg ncu rwbath?

Mae'r bws wedi parcio mewn maes parcio cyfyng ym mhen ucha'r cwm. Myfi sy'n disgyn gynta a llifa'r plant ar ei hôl fel rhesaid o forgrug. Glyna Gruffydd yn sownd i'w sêt, drws nesa i'r gyrrwr. Mae ei gôt aeaf wedi ei botymu at ei goler a'i ddwylo'n ddwfn yn ei bocedi. Sylla'n benderfynol yn ei flaen gan anwybyddu cynnwrf y plant y tu allan. Edrycha Myfi arno drwy'r gwydr ond gwrthoda gwrdd â'i llygaid. Cwyd hi ei hysgwyddau ac agor ei map.

'*O.K.*, blant! Dydi o ddim yn bell. Chwartar milltir, falla.'

Mae'n rhaid croesi ffordd cyn cyrraedd y glwyd fydd yn eu tywys at y llyn chwedlonol.

'Rŵan 'ta! Cadwch i'r ochor, *O.K.*? Do's 'na ddim palmant—ma' hi'n beryg. *Single file!*'

Mae'r plant yn ufuddhau. Saif Myfi yng ngheg y maes parcio, yn sbio arnynt â llygaid barcud rhag ofn i un anufuddhau a gwyro i ganol y lôn. Gwen yw'r plentyn olaf. Oeda yn ymyl Myfi, gan nodio'n chwithig yn ôl at y bws.

'Ydi o ddim yn dŵad?'

'Mm? Na. Dwi'm yn meddwl. Dyn 'styfnig.'

''Di . . . 'di o'm yn trio sbwylio petha'.'

'Mm?'

'Da . . . Mr Gruffydd.'

Rhed Gwen i ymuno â'r plant eraill, mewn gwewyr: y mae arni gymaint o awydd i Miss Jones a Dadi fod yn ffrindiau achos mae hi'n licio'r stori gymaint, yn licio Miss Jones gymaint, ond mae hi'n licio Dadi hefyd, ac mae hi isio i'r ddau licio'i gilydd. Dydi hi ddim isio i bobol fod yn gas efo'i gilydd, a tasa Miss Jones 'mond yn dallt, fod Dadi jyst yn drist achos be sy 'di digwydd iddo fo. Tasa hi ddim ond yn gwybod—mi fasa hi'n gweld 'i fod o'n medru bod yn ddyn neis, nad oedd o'n trio bod yn gas, nad ydi o'n flin go iawn, ddim unwaith i chi ddod i'w 'nabod o, dim ots be mae'r plant eraill yn 'i ddeud . . .

'Cadwch i'r ochor! Be *ddudis* i 'thoch chi?'

Neidia Gwen. A sbio'n ôl. Fflamia llygaid Miss Jones ar blentyn sydd wedi crwydro'n ddifeddwl i ganol y lôn. Daw Myfi'n ymwybodol o lygaid Gwen arni, a meddala drwyddi, gan wenu'n dyner.

'Jyst isio'ch cadw chi'n saff.'

Mae Gwen mor falch: dyma'r Miss Jones mae hi'n 'i licio, yr un glên a neis hefo llygaid Eira Wen, nid llygaid y frenhines gas.

Fel rhyw bibydd hud, arweinia Myfi'r plant ar draws corstir anial at y llyn. Rhedant, chwarddant, dawnsiant y tu ôl iddi, eu swildod a'u sobrwydd wedi eu chwythu ymaith gan wynt y mynydd. Maent fel pethau gwyllt y tu allan i waliau'r ysgol. Meddwant yn y gwynt sy'n chwyrlïo'u gwalltiau ac yn llosgi eu hwynebau.

'Reit! 'Drychwch o'ch cwmpas. Dychmygwch! Dyma lle digwyddodd y chwedl . . .'

Mae Myfi wedi stopio. Tyrra'r plant o'i hamgylch.

'Mae Gwydion wedi creu Blodeuwedd, y ddynes o flodau.'

Yn ara deg, mae Myfi'n ailgychwyn cerdded, yn nesu, nesu at y llyn, y plant fel cywion o'i chwmpas, yn gwthio'i gilydd i gael bod yn nes ati, i glywed y diwn hud. Ond waeth i neb â thrio. Gwen sydd agosaf ati: ni chaiff neb ddod rhyngddi hi a Miss Jones.

'Mae o'n ei rhoi hi'n anrheg i'w nai, Llew. Ond mae hi'n syrthio mewn cariad â dyn arall, a gyda'i gilydd, maen nhw'n lladd Llew. Pan glywa Gwydion, mae o'n mynd o'i go'. Mae o'n mynd i chwilio am Blodeuwedd, ond mae hi a'i morynion wedi rhedeg i ffwrdd, wedi dianc . . .'

Dŵr llwyd y llyn . . .

'Wedi dianc mor bell â hyn . . .'

Mae Myfi'n syllu i'r llyn. Mae amser wedi peidio â bod. Ni sylwa ar y plant yn aflonyddu, eisiau gwybod beth sy'n digwydd nesa. Yn ara deg, fel un yn siarad yn ei chwsg, diwedda Myfi'r stori, yn dal i lygadrythu i'r dwfn:

'Ond mae gan Blodeuwedd a'i morynion gymaint o ofn Gwydion, gymaint o'i ofn . . . Rhedant â'u hwynebau'n edrych yn ôl. Welan nhw ddim i lle maen nhw'n mynd . . . Maen nhw'n syrthio i mewn i'r llyn. Ac yn boddi . . . yn boddi . . .'

Mae ei llais bron â thorri.

'Dyna pam mai enw'r llyn yw Llyn y Morynion —ar ôl y morynion syrthiodd i mewn, wrth edrych yn ôl . . .'

'Ond . . . Blodeuwedd . . . 'na'th hi ddim marw?'

Daw llais plentyn â Myfi yn ôl o annwn y llyn. Mae hi'n edrych ar Gwen.

'Na. 'Na'th hi ddim marw. Mi ddaliodd Gwydion hi. Fan hyn. Ond 'na'th o mo'i lladd hi. Na. Mi gododd 'i hudlath . . .'

Cwyd Myfi ei llaw a'i dal uwchben y fechan. Parlysir Gwen. Cynnwrf, ofn, disgwyliad. Yna'n sydyn, plymia'r llaw—chwip! At wyneb Gwen. A'i methu. O drwch blewyn. Ond ni wyra Gwen: mae hi mor gefnsyth â milwr.

'A tharo Blodeuwedd. A'i throi hi'n dylluan. Tylluan wen . . .'

Sylla Myfi i'r awyr. Dilyna'r plant ei threm, gan weld, bob un, ei dylluan wen ei hun.

Yn sydyn, mae rhywun yn dechrau chwerthin —y bwli. Tylluan wen? Dydi o ddim yn gweld dim byd ond cymylau llwyd. Dydi o ddim yn licio straeon ponsi am ryw floda' a gwdihŵs a dewiniaid. Dydi o ddim yn licio straeon merchaid. Yn slei bach, mae o'n gwthio Gwen. Gan fod ei llygaid hi ymhell bell yn y cymylau yn dilyn hediad ei thylluan, mae hi'n baglu ac yn syrthio i mewn i'r llyn. Sblash! Neidia Myfi. Plyga ar unwaith i dynnu'r fechan o'r dŵr rhynllyd. Trwy lwc, nid yw'n ddwfn ond mae'n ddigon i wlychu Gwen at ei chroen. Mae Gwen yn casáu'r llygaid yn edrych arni'n cael ei thynnu o'r llyn. Y c'wilydd, y c'wilydd! Mae am i'r ddaear ei llyncu, neu'r llyn—unrhywbeth, i fynd o olwg y llygaid sy'n crechcrechcrechwenu . . .

'Ti! Mi 'nest ti 'i gwthio hi, yn do?' gwaedda Myfi ar y bwli.

Mae o'n ysgwyd ei ben yn ddiniwed: 'Naddo.'

'Dwi'n gwbod mai ti 'nath . . .'

'Syrthio 'nes i . . .'

Llais Gwen. Â'i phen i lawr, mae Gwen yn ailadrodd yn dawel: 'Syrthio 'nes i . . .'

Mae golwg smyg ar y bwli. Sylla Myfi arno, a'i dwrn yn cau yn gwlwm gwyn. Cymer anadl ddofn: 'Reit. Wel. Bydd rhaid i ni fynd yn syth 'nôl i'r bws, rŵan. Neu fydd Gwen 'di dal niwmonia.'

Rhydd Myfi ei braich rownd Gwen: 'Ti'n *O.K.*?'

Y caredigrwydd yma sy bron â pheri i ddeigryn ddisgyn o lygaid Gwen. Y caredigrwydd sy'n ei gwanu fel gwayw, nid y cwymp na'r creulondeb. Mae'n tynhau pob cyhyr yn ei gwddw er mwyn atal y pigyn yno rhag ffrwydro'n ddagrau rif y gwlith. Ond nid yw'n mynd i grio, nid yw'n mynd i grio, nid yw'n mynd i grio.

Mae'r plant eraill yn siomedig: newydd gyrraedd y llyn a gorfod dychwelyd ar unwaith. Mae sawl un yn troi ar y bwli . . .

'Dy fai di 'di hyn!'

'Ia! Welis i ti.'

'A fi! Sbwylio pob dim.'

'Ddim yn meddwl am neb ond ti dy hun . . .'

Gwena Myfi wrth glywed y plant eraill yn bwrw'u llid ar y bwli. Mae Gwen yn cadw'n gynnes dan adain ei chôt. Rhaid i'r bwli lusgo ar ôl pawb arall, yn esgymun, am nad oes neb eisiau cydgerdded â'r un dorrodd yr hud.

Myfi a Gwen yw'r rhai cyntaf i'r bws. Gwga Gruffydd wrth weld yr olwg ar Gwen.

'Be ar y ddaear . . .'

'Damwain o'dd hi . . .' dechreua Myfi, ond tafla Gruffydd edrychiad oeraidd arni sy'n ei tharo'n fud.

'Dwi'n *O.K.,* Dadi, reit? Peidiwch â g'neud ffỳs!'

A rhuthra Gwen ar hyd coridor y bws gan ddiflannu y tu ôl i un o'r seti cefn.

'Gwen . . . ydi'ch merch chi?'

'Ia.'

'O'n i'm 'di dallt.'

'Wel 'dach chi'n dallt rŵan, tydach? A taswn *inna* 'di dallt ych bod chi'n bwriadu gada'l iddi 'lychu at 'i chroen, faswn i ddim wedi rhoi caniatâd i chi fynd â hi at y llyn yn y lle cynta!'

Gwasga Gruffydd heibio i Myfi a gafael yn arw yn ysgwydd y plentyn nesa sy'n esgyn: 'Dewch 'laen! Brysiwch! I ni ga'l mynd adra!'

Daw'r plant i'r bws mewn mudandod a mynd i'w seti'n ufudd. Goruchwylia Gruffydd nhw â gwg ar ei wyneb. Pan fo'r plant i gyd ar y bws, mae Gruffydd yn rhoi nòd i'r gyrrwr ac yn mynd yn ôl i'w sêt yn y ffrynt. Sylla o'i flaen, ac am ennyd, yn y gwydr, mae'n gweld Myfi yn y sêt y tu ôl iddo. Try ei ben, i osgoi cwrdd â'i llygaid.

Daw'r plant oddi ar y bws y tu allan i gatiau'r ysgol. Cerdda'r rhan fwyaf adre gan eu bod yn byw o fewn tafliad carreg. Ond nid oes gan Myfi ffordd o gyrraedd y bwthyn ac nid yw Gruffydd yn cynnig cymorth. Saif Myfi ar ei phen ei hun, yn gwylio Gruffydd a Gwen, y tad a'r ferch, yn croesi at y tŷ gyferbyn â gatiau'r ysgol. Daw Meri Gruffydd allan o'r tŷ.

'Be ar y ddaear . . .?'

'Wedi syrthio i'r llyn. Dyna ma' *hi*'n ddeud.'

'Be 'newn ni efo chdi, Gwen? Ty'd . . .'

Mae Gwen yn oedi ac yn edrych yn ôl at fynedfa'r ysgol. Dilyna Meri ei hedrychiad a gweld Myfi'n sefyll yno, a'i chefn at y bariau haearn.

'Myfi! Dowch! 'Dach chitha'n edrach fel tasa chi'n medru g'neud hefo panad!'

Yn ddibetrus, croesa Myfi'r ffordd. Ebycha Gruffydd mewn anghymeradwyaeth a mynd yn ei flaen i'r tŷ.

'Ifor?' medd Meri'n nerfus.

'Gin i betha' i'w g'neud,' medd yntau, a diflannu dros y rhiniog. Mae Myfi wedi cyrraedd ochr Meri.

'Y . . . Ifor . . . mae o'n brysur iawn . . . w'chi.'

'Wrth gwrs.'

Mae saib annifyr.

'Reit! Fyny â chdi i newid, madam,' medd Meri yn ffug-flin, cyn arwain ei merch a'r ddynes mewn du tuag at y rhiniog. Oeda Myfi wrth y drws. Am ennyd, petrusa, a'i hwyneb yn gymysgedd o bryder a phenderfyniad. Yna cymer anadl ddofn a chamu dros y rhiniog.

13

Arweiniodd Meri Myfi i'r parlwr at y tanllwyth o dân ar yr aelwyd. Rhynnodd Myfi wrth i'r gwres daro ei chnawd oer. Gostyngodd Meri ei llais:

'Mae o'n gorfod ymddeol, 'Dolig. Dydi o ddim yn hapus am y peth, 'dach chi'n gweld . . . yr ysgol ydi 'i fywyd o.'

Nodiodd Myfi'n llawn cydymdeimlad.

'Rhag i chi feddwl . . . mai chi sy 'di g'ncud rhywbeth. Fedra dim byd fod yn bellach o'r gwir . . . Rhowch amsar iddo fo—mi ddoith ato'i hun . . . rŵan, 'steddwch. Mi a' i i 'neud te . . .'

Ar ei phen ei hun ar yr aelwyd, suddodd Myfi i'r gadair freichiau esmwyth. Cadair y penteulu. Syllodd i'r fflamau a gweld wynebau'n dawnsio yno. Gwrandawodd ar y gwynt yn chwythu i lawr y simdde fel llais clwyfedig o'r gorffennol.

Yn y man, mae Gwen yn dychwelyd mewn dillad glân. Eistedda gyferbyn â Myfi wrth y bwrdd lle mae tomen o gacenni, sgons a brechdanau. Mae cadair y penteulu'n wag. Nid yw Gruffydd wedi dangos ei wyneb ers i Myfi gamu dros drothwy ei dŷ. Estynna Meri blataid ati:

'Dowch 'laen. Ma' isio gorffen y sgons 'ma.'

'Dwi'n llawn, diolch.'

'*Un* arall. 'Dach chi'm 'di byta dim gwerth.'

'Na, wir . . .'

''Dach chi ddim yn trio colli pwysa' na dim byd gwirion felly, ydach chi? 'Dach chi'n *hen* ddigon tena'. Ddim 'fath â fi!'

Mae Gwen yn griddfan yn uchel. Pam fod Mami bob amser yn siarad gormod, yn gwthio bwyd ar bobol, yn deud petha' twp? Clyw Meri y griddfan, a dealla'n iawn fod gan Gwen gywilydd ohoni, felly ceisia ei phlesio drwy ganu ei chlodydd, heb ddallt fod hynny'n ei chorddi'n fwy.

'Ma' Gwen 'di bod fyny'n 'i hystafell yn tynnu lluniau'n ddi-stop ers i chi gyrra'dd.'

'*Mam* . . .'

'Ma' hi'n un dda iawn am dynnu lluniau.'

'*Mam* . . .'

'O'dd 'i thad hi'n un da erstalwm. Pam nad ei di i nôl rhai o dy luniau, i ddangos i Miss Jones?'

Fflachia llygaid Gwen yn filain. Mae Mami'n g'neud hyn yn fwriadol, yn gwybod yn iawn nad yw'n hoffi siarad am ei lluniau o flaen pobol. Daw llais melfedaidd Myfi ar draws y bwrdd: 'Fyddwn i'n licio'u gweld nhw . . . os ti ddim yn meindio . . . wir . . .'

I ddechrau, mae Gwen yn gwrido, ond yna mae hi'n nodio'n swil.

'Nid pawb sy'n ca'l gweld lluniau Gwen, w'chi,' meddai Meri gyda balchder. 'Anaml iawn y bydd hi'n 'u dangos nhw i neb—yn enwedig fi.'

Cwyd Gwen a mynd am y drws. 'Ti'm isio gorffen dy de gynta?'

Ysgydwa Gwen ei phen a gadael yr ystafell. Try Meri at Myfi â gwên ymddiheurol: 'Plant!'

Gwen sy'n arwain y drindod fenywaidd i fyny'r grisiau pren. Mae sŵn eu traed yn diasbedain drwy'r tŷ. Tap tap tap. Gafaela Myfi'n dynn yn y canllaw, ei dwrn yn wyn ar y derw tywyll, gan ddweud: 'Mae'n eitha seis yn dydi—y tŷ 'ma?'

'Mans ydi o.'

'O.'

'Ia. Mi ddaethon ni yma pan fuodd y gweinidog ola farw . . . ww . . . 'dach chi'n sôn am ugian mlynadd a mwy yn ôl rŵan . . . Rhyfadd, does 'na'm gweinidog Bedyddwyr 'di bod 'ma ers hynny. Ond dyna fo. Waeth i mi heb â hiraethu am y dyddiau fu. Ma' nhw 'di mynd, a ddôn nhw byth yn ôl. Na. Dydi petha' ddim fel y buon nhw yn Llan. Capeli'n cau, rhai sy dal ar agor yn hannar gwag, llawn hen bobol. Ifor a fi'n g'neud ein gorau, ond wn i ddim be ddaw ohonon ni gyd. Na wn i. Na'n plant ni. Hmm! Ma'n dŷ handi iawn— i Ifor—jyst ar draws ffor' o'r ysgol. Wel. Ma' 'di *bod* yn handi. A 'di bod yn dŷ hapus . . . Ond mi fydd yn rhaid i ni symud rŵan wrth bod Ifor yn ymddeol. Wel, fasa fo ddim yn deg—byw gyferbyn â'r lle sy 'di golygu cymaint iddo fo. Fedrith neb fyw yn y gorffennol, debyg.'

'Na,' adleisia Myfi. 'Fedr neb fyw yn y gorffennol.'

Gwthia Gwen ddrws ei llofft yn agored. Saif Myfi y tu ôl iddi, a sylla i'r ystafell dywyll a'i nenfwd isel. Mae fel ogof llawn trysor, y waliau'n frith o luniau—lluniau o dylluanod, Blodeuwedd, Gwydion. Cymer Gwen gam petrus i'w theyrnas fechan a throi i gymell Myfi i'w dilyn.Ond mae Myfi'n rhy brysur yn rhyfeddu at y lluniau. O'r diwedd, cama dros y trothwy a gadael y fam ar ei hôl.

'Mae'n treulio oria' yma, yn tynnu llunia', yn siarad efo hi ei hun.'

Tafla Gwen edrychiad blin i gyfeiriad ei mam, ond yn ofer.

'Ma' hi'n g'neud straeon i fyny 'dach chi'n gweld, Myfi . . . tynnu llunia' ac yn deud straeon wrthi hi ei hun.'

Ysgydwa Myfi ei phen, yn rhyfeddu: 'Ma' hyn mor od . . . O'n i'n arfer g'neud yn *union* 'run fath . . .'

'Gwrachod—dyna be ti'n eu galw nhw, yntê Gwen? Ers iddi hi a'i dosbarth 'neud sioe am wrachod y llynadd—adag yma—Calan Gaea' . . . Ers hynny, dyna i gyd ma' hi 'di bod yn dynnu— gwrachod . . . Er 'dan ni ddim yn cael 'u gweld nhw . . .'

'*Mam*!'

'Olreit! Dwi'n mynd! 'Newch chi aros i swper yn g'newch, Myfi?'

'O . . . y . . .'

'G'newch!'

Ac i ffwrdd â'r fam. Mae Myfi yn nesu at y lluniau a'u dilyn, o un i un. Cyn bo hir, y mae'r ddwy wedi ymgolli yn y lluniau, yn dilyn eu trywydd cyfarwydd . . .

'Gwydion a'i hudlath . . . yn taro'r blodau . . . yn creu Blodeuwedd . . .'

'Dyna hi, yn rhedag i ffwr' . . .'

'Efo'i hwyneb yn edrych yn ôl . . .'

'Mae o ar 'i hôl hi, efo'i hudlath . . .'

'Mae o'n ei dal hi. Yn ei tharo hi. Yn ei throi hi'n dylluan.'

Distawrwydd. Cloch eglwys yn taro yn rhywle, ymhell. Edrycha Gwen yn ddwys ar Myfi.

'Fydd hi'n dylluan am byth?'

'Be?'

'Blodeuwedd. Fydd hi'n dylluan am byth?'

'Na. Dwi'm yn meddwl. Aros mae hi. Aros am ei chyfle. I ddod yn ôl i'r ddaear fel dynes. Er mwyn dial—dial ar y dewin greodd hi . . .'

14

Ailymddangosodd Gruffydd amser swper. Eisteddodd yn fud wrth y bwrdd yn gwylio'i wraig yn gweini. Er i'r tair—Meri, Myfi a Gwen —geisio ei dynnu i'r sgwrs, methiant fu pob ymgais. Atebai eu cwestiynau'n unsillafog. Aeth Gwen i deimlo mor annifyr fel yr esgusododd ei hun yn syth ar ôl y pwdin. Fedrai hi ddim godde'r adegau pan oedd ei thad ar ei fwya sarrug. Dim rhyfedd fod pawb yn yr ysgol yn ei alw'n *Grumpy Gruff*.

Brwydrodd Meri'n ddewr. Sgwrsio, gwenu, nodio; ceisio esmwytho dros yr annifyrrwch yr oedd ei gŵr yn ei greu â'i dymer ddrwg. Fel alarch, roedd hi'n ddi-stŵr ar yr wyneb ond yn cicio, cicio oddi tano, yn brwydro i gadw uwch wyneb y dŵr, i gadw wyneb. Ond yr oedd hi'n dechrau blino, y rhith siriol yn dechrau llithro.

'. . . Ia, hen gaer Rufeinig oedd hi. Toman y Mur. Yndê, Ifor?'

'Mm.'

'Does 'na ddim llawar i'w weld, deud y gwir . . . 'mond . . . toman . . .'

Saib annifyr.

'Ond . . . dyna 'di'r sôn, mai castall Blodeuwedd oedd o, mai dyna lle'r oedd hi'n byw, cyn i'r Rhufeiniaid gyrraedd . . .'

Edrychodd draw at Gruffydd. Taenodd hwnnw drwch o fenyn ar fisged gaws cyn ei chrensian yn uchel. Ac yna llefarodd Myfi, fel petai am helpu'r

alarch wywedig: 'Ydi o'n anodd 'i gyrra'dd? Y
Domen?'

'O, nacdi. Roeddan ni'n arfar mynd yno lot. Yn
doeddan, Ifor? Pan oeddan ni'n ifanc . . .'

Am ennyd, lleithiodd llygaid Meri wrth edrych
draw ar ei gŵr. Pesychodd yntau, ac estyn am
fisged arall, ac aeth Meri yn ei blaen: ''Dach chi'n
gweld—mae'r Doman—neu mi *roedd* hi—yn lle
roedd cypla' ifanc yn licio mynd. Mae o'n lle
rhamantus—golygfa hardd iawn.'

'Oes. O'r atomfa!'

Yr oedd Gruffydd wedi cyfrannu i'r sgwrs, o'r
diwedd. Yn watwarus. Am eiliad neu ddau roedd
Meri fel pysgodyn yn agor a chau ei cheg heb i'r
un smic ddod allan.

'Wel . . . wrth gwrs . . . ma'r atomfa'n sbwylio
petha' . . . ond erstalwm . . . erstalwm roedd
petha'n hardd iawn, yn toeddan, Ifor?'

Saib chwithig. Yna cododd ef ei ysgwyddau'n
ddi-hid.

'Mi fydd rhaid i chdi fynd â Myfi, Ifor.'

'Mm?'

'I fyny i'r Doman.'

'Ma'n *O.K.* Ma' gin i fap . . . sdim isio . . .'
cychwynnodd Myfi, ond roedd Meri fel petai
ganddi chwilen yn ei phen.

'Faswn i ddim yn licio meddwl amdanach chi
fyny 'no ar eich pen eich hun. Ddim bod o'n lle
peryg, ond mae o'n reit ynysig . . . 'Swn i'n
cynnig mynd â chi fy hun, ond fod gin i glun
wan . . .'

Gan brin guddio ei ddirmyg tuag at ei wraig, ac er mwyn rhoi taw arni, trodd Gruffydd at Myfi a dweud yn fflat: 'A' i â chi.'

Chwarddodd Meri'n ansicr.

'Dim ond os wyt ti isio, Ifor. Dwi'n gwbod dy fod di wrth dy fodd hefo'r lle.'

'Mi *roeddwn* i, Meri. Flynyddoedd *maith* yn ôl . . .' meddai yntau.

Saethodd gwayw o boen drwy lygaid Meri, a symudodd Myfi'n annifyr yn ei sêt.

Yn hwyrach, ar ôl clirio'r bwrdd a rhoi'r llestri yn y peiriant golchi, aeth Meri at y piano er mwyn i Myfi gael clywed tiwn ambell gân werin. A phan ddechreuodd ei wraig ganu'r nodau, newidiodd gwedd Gruffydd: toddodd y rhew yn ei lygaid, a gwenodd yn fwyn yng ngolau'r tân, y miwsig fel balm ar ei friwiau, yn melysu ei chwerwder. Ond daeth y gân i ben, ac meddai Meri:

''Dach *chi*'n canu, Myfi?'

'Fel brân!'

'O ddifri?'

'O ddifri.'

'Finna' hefyd. Dwi'n medru tincial rhyw fymryn ar y piano, ond ches i mo 'mendithio â llais, gwaetha'r modd. Ddim 'fath ag Ifor.'

'Hy!' ebychodd Gruffydd o'i gadair.

Gwenodd Meri ac edrych ar Myfi.

'Mae gynno fo lais *godidog*. Mi oedd o'n arfar fy serenêdio i drwy'r amsar pan oedd o'n iau. Anodd credu rŵan 'fyd—y bysa neb isio'n serenêdio fi!'

'Isio i mi ganu w't ti, ia? Pam na 'nei di jyst

ddeud?' meddai Gruffydd yn sydyn, a'i lygaid yn fflachio.

Ceisiodd Meri wenu ar Myfi, fel petai'n trio rhoi'r argraff mai tynnu coes roedd ei gŵr wrth godi ei lais. Ond roedd ei hymdrech yn boenus o aflwyddiannus.

Trodd Gruffydd yn swta at Myfi: ''Dach chi am i mi ganu?'

'Wel . . .' dechreuodd Myfi, gan edrych yn ôl a 'mlaen rhwng y gŵr a'r wraig.

Trodd Gruffydd yn swta at Meri:

'"Yr eneth ga'dd 'i gwrthod",' meddai, a nodiodd hithau a throi yn ôl at y piano. Cyffyrddodd â'r nodau du a gwyn. A chanodd Gruffydd:

'Ar lan hen afon Ddyfrdwy lon
Eisteddai glân forwynig,
Gan ddistaw sisial wrthi ei hun
Gadawyd fi yn unig.
Heb gâr na chymar yn y byd
Na chartre chwaith fynd iddo,
Drws tŷ fy nhad sydd wedi ei gloi,
Rwy'n wrthodedig heno.'

Ac wrth iddo ganu, cafodd ei hun yn edrych draw at Myfi. Er iddo geisio peidio, yr oedd fel gwyfyn yn cael ei dynnu at fflam, yn methu â helpu ei hun. Ac erbyn diwedd y gân yr oedd yn rhy hwyr arno. Ond nid gwyfyn yng ngafael fflam ydoedd, ond dyn wedi ei ddal yn nüwch diwaelod dau lygad.

Fyny Fry

Pan welais dy wedd, ti a'm clwyfaist fel cledd, ces
ddolur heb wybod, rwyf heno'n un hynod, yn barod
i'm bedd; o dduwies fwyn dda, clyw glwyfus un cla', o
safia fy mywyd, loer hyfryd liw'r ha'. Mae rhai â'u
bryd ar bethau y byd, ond ar lendid loer wiwlan rhois i
fy holl amcan yn gyfan i gyd; pe cawn ond tydi mi
dd'wedwn yn hy fod digon o gywe'th wen eneth gen i . . .

Beth sydd yng ngwaelod y llygaid du?

Mae Myfi yn ôl yn ei llofft yn y tŷ a gardd ar gwr y
coed na fu erioed mo'u delach, dim ond isie gŵr bach
twt a gwraig fach bwt sydd bellach . . .

Maddeuwch imi. Fy nghrwydro, fy hediadau
amherthnasol, digyfeiriad, fy niffyg disgyblaeth, fy
aneglurder, fy igam-ogamu o'r prif hediad. Caneuon
gwerin a hwiangerddi: fe ddônt i'm pen yn ddigymell,
gan droi a throi, gan gloffi'r stori a mwydro 'mhen.
Fel lleisiau mewn ogof yn atseinio, atseinio. Ymaith â
chi, ystlumod swnllyd! I mi gael hedeg drachefn gyda
Myfi, ar hyd y brif alaw.

Y mae hi yn ôl yn ei llofft, yn y bwthyn gwyngalchog.
Yr un noson yw hi â noson yr edrychiad tyngedfennol
rhyngddi a Gruffydd. Atseinia ei lais yn ei phen:

> Drws tŷ fy nhad sydd wedi ei gloi,
> Rwy'n wrthodedig heno.

Mae'r llenni yn agored. Mae llygaid Myfi yn llydan
agored. Yn dywyllach na'r nos ddu. Try at y llun wrth

erchwyn ei gwely. Cydia ynddo'n dyner. Mwytha wyneb
y dyn yn y ffrâm.

Gyd-hedwyr, y mae'n amser newid trac.

Awn i gof Myfi. Plymiwn drwy ei llygaid i gilfachau
tywyll ei phen. Hedwn ar adain atgof, i'r gorffennol.
Gwelwn yr hyn a wêl hi. Tyrchwn at wraidd y drwg . . .

Amser cinio yn yr ysgol, ac mae'r neuadd â'i nenfwd
uchel dan ei sang. Mae'r plant o gwmpas eu byrddau
bwyd, yn bwyta, yn yfed, yn cega, yn chwerthin, yn
chwarae efo'u cyllyll a'u ffyrc. Mae'r sŵn yn fyddarol.

Ar un bwrdd, mae merch benfelen saith oed. Mae
bachgen yr un oed gyferbyn â hi, yn tynnu arni. Mae
hi'n cega'n ôl.

'Eirlys Gwyn—gwdi-gwdi! Eirlys Gwyn—gwdi-
gwdi!'

'Cau dy geg, Roger Preis!'

'Yyy! Sut ti'n mynd i 'neud i mi?'

'Gei di weld   '

'Dy fam di 'di mynd off efo dyn arall . . .'

'Nacdi ddim!'

'Dy rieni di'n mynd i ga'l difôrs . . .'

'Nacdyn ddim!'

'Mam Eirlys Gwyn—dda i ddim! Mam Eirlys Gwyn
—dda i ddim!'

Mae'r ferch yn ffrwydro. Gafaela yn Roger Preis a'i
wthio'n ffyrnig. Mae yntau'n gafael yn ei gwallt.
Mae'r ddau'n ymladd. Yn sydyn, mae'r jŵg laeth ar y
bwrdd yn syrthio. Crash! Llaeth yn llifo ar y llawr.
Jŵg blastic yn bowndio i ffwrdd: bwm bwm bwm bwm.

Llonydda'r ddau blentyn. Syllant ar y llanast ar y
lawr. Ar y llaeth yn nadreddu'n wyn ar y pren tywyll.

Edrychant yn ofnus tua'r drws. Diolch byth, does neb yno.

Glania dynes binc ganol oed o rywle—y ddynes ginio glên.

'Sori, Mrs Rowlands,' medd Eirlys, yn trio dileu'r drwg.

'Cerwch! Cerwch allan i chwara'! Mi gliria i ar ych hola' chi—cerwch!'

Try Eirlys a gadael y neuadd drwy'r drws cefn sy'n agor i'r iard chwarae.

Ond erys Roger yn herfeiddiol a chwerthin yn ddi-hid. 'Dwi am orffan 'y nghinio gynta.'

Ac eistedda yn ei ôl wrth y bwrdd, yn sgwario'i ysgwyddau'n fuddugoliaethus. Ysgydwa Mrs Rowlands ei phen, â hanner gwên: hogia' . . .

Allan ar yr iard, ymgolla Eirlys yn y chwarae. Nid yw am feddwl am y jŵg sydd wedi disgyn. Bydd Mrs Rowlands wedi clirio'r llanast cyn i neb ffeindio allan. Fydd 'na ddim trwbwl . . .

Mewn braw, cwyd Gwen yn ei gwely, yn chwys domen, yn deffro o hunllef. Mae'r lluniau ar y wal yn fyw. Yn ddrychiolaethau. Mae'r gwdihŵ ar fin ymosod a'i llarpio . . .

Daw Gruffydd i mewn, wedi clywed ei chrio. Rhydd ci freichiau amdani, a'i siglo, ei suo, yn ôl a 'mlaen, 'nôl a 'mlaen . . .

'Shh . . . 'na chdi . . . shh . . . hunlla' . . . dyna i gyd . . . hunlla' . . . Dad yma, rŵan.'

Distewa'r wylo. Todda'r dagrau yng nghesail dwym y tad. Cyrlia'r fechan yn belen yn ei freichiau. Cysga, yn esmwyth, y braw wedi ei hysio i ffwrdd. Gwena Gruffydd ar yr wyneb gwyn ynghwsg ar y glustog. Plyga drosti a rhoi cusan dyner ar ci thalcen. Sylla'n hir, hir arni, â charlad yn cleisio ei galon.

Heb wneud yr un smic, gadawa'r ystafell. Caea'r drws yn dynn: *cwsg, cwsg f'anwylyd bach, cwsg nes daw'r bore bach, cw-wsg, cw-wsg, cw-w-wsg.*

Yr oedd hi'n ddiwedd prynhawn yn niwedd
Tachwedd pan aeth Gruffydd â Myfi i Domen y
Mur. Machludai'r haul ar y gorwel, a phigai
trionglau pygddu'r mynyddoedd gynfas gwaedlyd
yr awyr.

Ar ôl parcio'i gar ar y lôn anghysbell, camodd
Gruffydd ar y gwair a dechrau'r siwrne ar draws y
caeau corsiog tuag at yr hen domen. Nid arhosodd
am Myfi: gadawodd iddi faglu ar ei ôl, yn brwydro
i gadw i fyny â'i gamau cyflym. Er nad oedd hi'n
siwrne bell—rhyw bedwar can llath—yr oedd y
tir rhwng yr hen lôn a'r domen yn wlyb a lleidiog.
Glynai esgidiau Myfi yn y mwd, a dôi'r dŵr
trwyddynt gan droi ei sanau'n ludiog ac oer.
Baglodd yn ei blaen, ar gynffon Gruffydd. Ond po
fwyaf ei brys, pellaf oedd yntau oddi wrthi.

Ychydig lathenni o'r domen safai murddun ac
ynddo berllan wedi tyfu'n wyllt. Oedodd Gruffydd
dan un o goed y berllan. Â chrawc gras, ffrwyd-
rodd brain yn sydyn o'r brigau a chwyrlïo i'r awyr
fel dafnau o huddug. Anadlodd Gruffydd yn ara
deg: yr oedd rhyw hud cyfrin mewn murddun;
rhyw dangnefedd a distawrwydd fel tangnefedd a
distawrwydd mynwent. Ymdawelodd mewn hedd.
Aeth pwysau'r byd oddi ar ei ysgwydd. Yr oedd
pethau pwysicach na manion pitw ei fywyd ef.
Tarfwyd ar ei fyfyrdod gan lais gor-eiddgar Myfi.
Heb iddo sylwi, yr oedd hi wedi cyrraedd ato.

'Y gân ganoch chi'r noson o'r blaen. O'n i

'rioed 'di 'i chlywed hi. 'Dach chi bobol sir Feirionnydd bob amsar mor *morbid*?'

'Tomen y Mur,' meddai'n swta a nodio at y bryncyn gwair gerllaw. Ni chymerodd arno ei fod wedi clywed ei chwestiwn. Gwridodd Myfi, ond gan ei fod yn mynd allan o'i ffordd i osgoi edrych arni, ni sylwodd Gruffydd ar ei bochau-lliw'r-machlud.

'A. Ie. Castell Blodeuwedd.'

'Dim ond *stori* ydi hi,' ebychodd yntau'n watwarus, a chamu at droed y domen. 'Ddim fel tasa hi'n *wir* . . .'

Ond nid oedd Myfi'n gwrando. Rhuthrodd heibio iddo, wedi cynhyrfu drwyddi. Gwyliodd Gruffydd hi'n dringo'r domen, yn baglu, yn baeddu, yn chwerthin dros bob man. Am blentynnaidd, meddai wrtho'i hun. Gwyliodd hi'n cyrraedd copa'r domen ac yn syllu'n llawn rhyfeddod ar yr olygfa banoramig o'i chwmpas: milltir ar ôl milltir o ehangder anial; mynyddoedd a llynnoedd, y môr tua'r gorllewin. Agorodd Myfi ei breichiau, fel petai am gofleidio'r cyfan, tynnu'r tirwedd at ei bron.

'Dwi'n teimlo fel Julie Andrews! *The hills are alive, with the sound of music* . . .'

Chwarddodd a dechrau troelli, rownd a rownd. Rhythodd Gruffydd arni o'i droedle islaw. Dechreuodd ei ben droi wrth wylio'i silwét tywyll yn troelli. Ni sylwodd yng ngolau'r hwyrddydd fod ei chysgod yn disgyn ar draws ei wyneb a breichiau'r cysgod yn union fel adenydd. Yn sydyn, stopiodd Myfi droelli. Gwelsai rywbeth: roedd rhywbeth wedi tarfu arni. Edrychodd i lawr ar Gruffydd, a siom yn ei llygaid.

'Chi'n iawn. *Mae*'r atomfa'n sbwylio'r olygfa . . . *spooky* . . . Mi wna i droi 'nghefn arni . . .' Chwarddodd. 'Dyna be 'na'th hi 'nde? Blodeuwedd? Troi ei chefn ar rwbath doedd hi'm isio'i weld, rhedeg wysg ei chefn . . .'

Doedd dim llawer o le ar y copa ac er nad oedd y domen yn uchel, roedd ei hochrau'n serth a byddai'n hawdd colli troedle a disgyn. Yn sicr nid dyma'r lle i ffwlbri, meddyliodd Gruffydd wrth weld Myfi'n chwarae'n wirion ar ei brig. O wel, rhyngddi hi a'i phethau. Roedd hi'n oedolyn. Os oedd hi am redeg yn wirion a thorri ei choes neu ei braich, yna ei chyfrifoldeb hi oedd hynny.

Ar y brig, roedd Myfi wedi ymgolli'n llwyr yn awyrgylch y lle. Rhedai wysg ei chefn fel petai'n dynwared symudiad olaf Blodeuwedd cyn i Gwydion ei throi'n dylluan. Chwarddai. Heb edrych i ble'r oedd hi'n mynd. Ceisiodd Gruffydd beidio ag anesmwytho wrth iddi nesu at y dibyn. Ond fedrai o ddim peidio. Yn reddfol, cymerodd gam ymlaen. Ac agor ei geg, i'w rhybuddio: 'Hei!'

Ond roedd hi yn ei byd bach ei hun. Yn wyllt, wyllt. Â brys, brys. At fynd drosodd, drosodd. Cyflymodd anadlu Gruffydd. Galwodd: 'Stopiwch!'

Ond rhy hwyr. Collodd ei gafael. Baglu dros yr ymyl. Rholio i lawr yr ochr, yn gynt a chynt a chynt, ei gwallt yn fieri, ei dillad yn baeddu, ei chorff fel doli glwt. Glaniodd wrth draed

Gruffydd. Roedd ei llygaid ynghau. Rhythodd yntau. Wedi dychryn. Daliodd ei wynt. Prin yn anadlu. Yn ara deg, aeth ar ei gwrcwd.

'Myfanwy?'

Dim byd.

'Myfi?'

Oedd hi'n anadlu? Oedd hi'n fyw? Yn betrus, estynnodd ei fraich o dan ei phen, a gwyro dros ei hwyneb. Rhoddodd ei glust wrth ei cheg, i wrando sŵn bywyd: bwm bwm bwm ci galon ei hun yn curo—dyna i gyd a glywai. Rhythodd ar ei hwyneb eifori, ar sidan ei gwallt du. Syllodd ar y llygaid cau, y gwefusau coch, y croen llyfn. Gwyrodd ei wyneb yn nes, fel y tywysog yn stori Eira Wen ar fin rhoi cusan a deffro Eira yn ei harch wydr, ysgwyd yr afal gwenwynig o'i gwddf . . . ond yn sydyn, agorodd Myfi ei llygaid, a chwerthin.

'Jôl!'

Aeth talcen Gruffydd yn wyn. Fodfeddi o flaen ei hwyneb, fedrai o wneud dim ond syllu, ei lygaid yn fflamio, ei gorff yn crynu. Mae'n mynd i ffrwydro. Mae crgyd galed ei law am hedfan drwy'r awyr drom, am ei tharo ar draws ei hwyneb. Sylla Myfi yn ôl, a'i llygaid yn ei gymell i'w tharo, yn ei waliodd, ei herio, a'i chorff yn dynn fel tant telyn . . .

Aeth yr ennyd heibio. Tynnodd Gruffydd ei fraich yn arw oddi tan ei phen a'i ryddhau ei hun o'i chyffyrddiad a chasineb yn ei lygaid glas. Syrthiodd pen Myfi yn llipa ar y gwair. Cododd Gruffydd ar ei draed, ac ymsythu. Trodd a cherdded oddi yno, a'i gadael hi'n gorwedd fel rhacsyn budur wrth droed y bryncyn.

Yn y man, cododd Myfi ar ei thraed. Nid oedd wedi brifo ac arwynebol iawn oedd y baw ar ei chôt. Dyna un peth defnyddiol am blastig—gellid golchi'r baw i ffwrdd o dan y tap heb ffwdan peiriant golchi na *dry cleaners*. Roedd cael gwared o'r staeniau mor rhwydd.

Roedd yr awyrgylch yn llawn tensiwn ar y daith o Domen y Mur. Syllai Gruffydd yn syth o'i flaen heb gydnabod bodolaeth Myfi, ac ni fentrodd hithau dorri gair. Yn ffodus, roedd hi wedi tywyllu a gallai'r ddau guddio eu hwynebau rhag ei gilydd. Oedd, roedd i'r tywyllwch ei rinweddau: gallai rhywun ymlacio, bod yn ef neu'n hi ei hun, heb orfod gwisgo mwgwd.

Parciodd Gruffydd y tu allan i'r bwthyn. Syllai'n ddifynegiant yn ei flaen. Oedodd Myfi a throi ato, agor ei cheg i gychwyn ymddiheuro . . . Ond ddaeth yr un gair o'i genau. Gwasgodd Gruffydd ei ddannedd yn erbyn ei gilydd. Roedd o isio iddi fynd. Rŵan. O'r car. O'r ysgol. O'i fywyd . . .

Camodd Myfi allan o'r car. Ni wyrodd trem Gruffydd. Syllodd yn ei flaen â'i geg yn llinell lem. Gwelodd ei chysgod yn mynd heibio i'r muriau gwyngalchog yng ngoleuadau'r car cyn diflannu i'r tŷ. Ond yn lle cefnu ar y bwthyn fel cath i gythraul, arhosodd Gruffydd yn ei unfan am eiliadau meithion, yn syllu ar y fan lle bu.

Fyny Fry

Mae hi wrthi ei hun. Yn distaw sisial.

Yn ei gŵn nos gwyn, yn nhywyllwch ei llofft, ymdebyga i brint negatif. Negyddol. Negydd. Na. Gwyn ar gefndir du. Tylluan wen: fi. Myfi. Ymdebyga i mi.

Y mae'r cyfrifiadur yn ei chôl, yn gwawrio'n wyrdd ar ei gwynder. Dewch i graffu ar y sgrin. Fedr hi mo'n gweld ni. Y mae hi wedi dilyn y pibau hud i'w byd bach ei hun.

Edrychwch. Y mae hi'n anelu'r saeth at ffeil o'r enw 'Cerdd Eirlys'. Â'r waywffon fach, gwana'r ffeil a'i hagor fel agor y drws ar Aberhenfelen. A phan edrychodd yr oedd mor hysbys iddi gynifer y colledion a gollasai erioed a chymaint o ddrwg a ddaethai iddi â phe bai yno y cyfarfyddai â hwy. Lleinw'r sgrin â thri phennill. Sylla Myfi, a distaw sisial wrthi ei hun.

> Tw-whit-tw-hw tw-whit-tw-hw
> Fe ddaw dial, ar fy llw,
> Ar Gwydion a'i wialen hud
> Am ddod â fi i mewn i'r byd.
>
> Pan o'n i'n flodau yn yr haul,
> Nid oeddwn byth yn teimlo'n wael,
> Ond rŵan, deryn nos wyf i
> A'r byd o 'nghwmpas i gyd yn ddu.
>
> Ond sychu wna fy nagrau prudd,
> A byddaf, byddaf eto'n rhydd,
> A Gwydion greulon, caiff o'i ladd,
> A byddaf eto'n flodau hardd.

17

'Dim byd tebyg i *chaser,* mm?'

Roedd hi'n nesu at stop tap yn y *Stag,* a Roger wedi'i dal hi. Pwysai yn erbyn y bar yn syllu'n ddall at galeidosgop yr optics, a'u lliwiau'n hercio'n chwil o'i flaen. Rhoddodd glec i wisgi bychan cyn troi yn ôl at ei beint o seidr.

'Ti'n deud felly w't ti? Ei bod hi yn fflyrtio hefo ti? Yr actoras 'ma?' meddai Ann, yn sbio'n slei ar y ddau local ar eu stolion. Roedd Roger yn rhy feddw i sylwi ar yr eironi yn ei llais.

'Do. Mi ofynnodd i mi fynd i fyny grisia' hefo hi . . .'

'Ac mi wrthodist ti?'

'Iesu Grist!'

''Nesh i ddim gwrthod . . . ddim isio brysio—dallt be sgin i? *Treat 'em mean, keep 'em keen* . . .'

'Pryd wyt ti am 'y nhrîtio *i*'n mean, Roj—mm?'

Chwarddodd y ddau leol ac meddai un: 'Ella bo' chdi'n rhy hwyr, Roj.'

'Be?'

'Welis i hi. Yn y car efo Ifor Gruffydd. Edrach yn *cosy* iawn . . .'

'Hi ac Ifor Gruffydd?' chwarddodd Roger a llowcio'i ddiod, gan ysgwyd ei ben.

'O dwn i'm. Dyn pwysig, parchus. Ac ma' 'na rwbath reit atractif amdano fo.'

'Be?'

Syllodd Roger ar Ann. *Fedrai* hi ddim bod o ddifri.

'Mi fasa hi'n gorfod bod yn wallgo' i dwtsiad y coc oen yna!'

'Ella nad ydi hi ddim yn dy ffansïo di . . .' meddai un o'r ddau yfwr.

Ychwanegodd y llall, 'Ia. Ofn dy repiwtêsiyn di!'

'*Piss off*!'

Trawodd Roger ei beint ar y bar a rhuthro oddi yno'n wyllt.

Ysgydwodd Ann ei phen â gwên gynnes, galed. 'Ma'r idiot yn siŵr o drio gyrru. Dos ar 'i ôl o, Daf, ne' mi fydd o 'di lladd rhywun.'

Doedd hi ddim yn anodd dal i fyny efo Roger yn y maes parcio. Roedd o'n rhy feddw i ffeindio'i draed heb sôn am oriadau'r car. Gafaelodd Daf ynddo a suddo'i law i boced ei siaced, cydio mewn set o oriadau a'u cymryd oddi arno. Dyrnai Roger yr awyr yn benderfynol ond chafodd Daf ddim trafferth i osgoi'r ergydion llipa. Cerddodd oddi wrtho, yn ôl at ddrws y *Stag* lle'r oedd Ann yn gwylio a golwg o gonsýrn mamol ar ei hwyneb.

'Ty'd o'na, Roj. Ordra i dacsi i chdi.'

'*Piss off*! *Piss off*! *Piss off*!' sgrechiodd Roger a baglu i'r nos.

Gwyliodd Ann a Daf ei ffigwr unig yn siglo ar hyd Stryd Heulog, a'i regfeydd yn atseinio'n golledig ar ei ôl.

Roedd Mrs Rowlands, y ddynes ginio glên, wedi gwylltio'n gacwn. Safai'n eofn yn y coridor.

'. . . Ond yn *lle* drama'r geni? Ddudodd neb *hynny* wrtha i! Fedrwch chi ddim, Mr Gruffydd . . .'

'Mrs Rowlands . . .'

'Dydi o ddim yn iawn! 'Dan ni 'di g'neud drama'r geni bob blwyddyn ers i mi fod yn yr ysgol 'ma—hannar can mlynadd! Pam 'dach chi'n gada'l iddi 'neud hyn? O'n i'n meddwl ych bod chi yn erbyn 'i hen lol hi. Dyna *ddudoch* chi . . .'

'Dydi petha' ddim mor syml â hynny . . .'

'Be 'dach chi'n feddwl? Be sy 'di newid?'

Fedrai Gruffydd ddim ateb. Ni fedrai gyfadde' iddo'i hun beth oedd wedi newid. Ochneidiodd, ac aeth Mrs Rowlands yn ei blaen:

'Dathlu geni Iesu Grist ydi pwrpas y 'Dolig. Ddim rhyw rwtsh paganaidd . . .'

'Mrs Rowlands! Os nad ydach chi'n hapus am hyn, ma' gynnoch chi berffaith hawl i ymddeol. Ma' 'na ddigon o bobol iau fydda'n falch o'ch job chi: mi fydda *i*'n un ohonyn nhw ar ôl 'Dolig!'

Agorodd Mrs Rowlands ei cheg yn syfrdan. Syllodd ar Gruffydd, yn ceisio eglurhad, ymddiheuriad, rhywbeth. Ond nis cafodd. Roedd o'n edrych i ffwrdd, yn aflonydd i gyd.

Trodd Mrs Rowlands a dweud yn frysiog: 'Ddaw dim da ohono fo . . .'

Ym mhen draw'r coridor, fel rhith, yr oedd Myfi wedi ymddangos. O 'nunlle. Oedodd Mrs

Rowlands a syllu arni—syllu mor galed nes i Myfi ostwng ei llygaid. Ac er na ddywedodd yr hen wraig ddim, roedd bygythiad yn ei mudandod, yn yr hyn na ddywedodd hi. Aeth oddi yno. Dim ond Gruffydd a Myfi oedd ar ôl yn y coridor hir. Meddai Myfi'n llawn consýrn: 'Ydi hi'n iawn?'

'Ydi.'

Saib. Cariodd Gruffydd yn ei flaen ag awgrym o wrid ar ei ruddiau: 'Braidd yn henffasiwn.'

'O?'

'Dydi o ddim yn bwysig . . . Peidiwch â chym'yd sylw . . .'

Edrychodd Myfi'n syn. Cynhesrwydd! Yn ddigamsyniol. Pelydryn bychan—ond pelydryn 'run fath. Yr oedd Gruffydd wedi dangos rhywfaint o gynhesrwydd tuag ati. Gwenodd Myfi yn ddiolchgar. Pesychodd yntau i guddio'i embaras, ac meddai hi:

'Dwi 'di gorffen y sgript.'

'Mm?'

'Wel, *outline* o sgript . . . wrth gwrs, dwi'n gobeithio g'neith y plant adio petha' . . . 'i wella fo . . . Dwi'm 'di arfar sgwennu, chi'n gweld, dim ond actio . . .'

Roedd Gruffydd ar bigau'r drain. Mentrodd Myfi ymhellach:

'Dwi'n ddiolchgar. Ych bod chi 'di amddiffyn y sioe . . .'

'Sori?'

'Glywis i be ddudodd Mrs Rowlands. O'n i jyst rownd y gornel . . .'

'O, ia . . . Wel . . . fel dudish i. Ma' hi'n

henffasiwn . . . Y plant. Ma' nhw'n disgwyl amdanoch chi . . . yn y neuadd.'

'Diolch. Dwi'n gaddo—fydd o werth o. 'Newch chi ddim difaru.'

Ysgydwodd ei ben yn swta a throi'n chwithig. Cerddodd i gyfeiriad y neuadd. Oedodd Myfi ac yna'i ddilyn. Roedd yr awgrym lleia o wên ar ei gwefus.

Dalia Myfi'r sgript i fyny o flaen y plant.

'Dyma hi! *First attempt*! Dydi hi ddim yn berffaith, ond wel . . .'

Oeda. Mae Gruffydd yn hofran yn y drws. Nid yw wedi mynd. Beth yw'r atyniad? Teifl Myfi un o'i gwenau mwya hudolus-swil tuag ato.

'Dydi hi ddim yn ddrwg, chwaith.'

Edrycha Gwen draw at ei thad. Gwena hithau. Y mae hi mor falch. Y mae Dadi o'r diwedd wedi dechrau dod yn ffrindiau efo Miss Jones, wedi dechrau dangos diddordeb yn y stori.

'Ma' 'na un broblam fach,' medd Myfi. 'Achos bod 'y Nghymra'g i mor wael . . . yn enwedig i'w sgwennu . . . dwi 'di g'neud y sgript yn Saesneg; felly bydd angan rhywun i gyfieithu.' Mae ei llygaid yn crwydro eto draw at Gruffydd. 'Fydda fo'n rŵd iawn i mi ofyn i *chi*, Mr Gruffydd?'

'Fi?'

'Wel . . . ia . . . dim ond os 'dach chi isio . . .'

Nid yw Gruffydd yn gwybod beth i'w wneud. Nid yw'n disgwyl hyn. Ni ŵyr sut i'w hateb. Yn reddfol, mae'n ysgwyd ei ben. Gwrthod. Meddwl am yr agweddau negyddol. Dydi o ddim angen yr hasl, mae o yn erbyn y sioe, dydi o ddim isio bod yn rhan o'r peth. Ond sylwa ar wyneb ei ferch. Mae hi'n nodio arno'n frwd, yn ewyllysio iddo dderbyn gwahoddiad Myfi. Mae ei llygaid yn pledio, yn crefu, plîs Dadi, plîs Dadi, plîs . . .

'Iawn. Wel, os nad oes neb arall . . .'

'Diolch.'

Mae ei lygaid yn cloi yn llygaid Myfi; gwydr glas ei lygaid ef fel awyr glir ar bridd tywyll ei llygaid hi. Mae'r llygaid yn cloi, yn cau allan y plant am ennyd. Yna'n sydyn cymyla llygaid Myfi wrth weld rhywun y tu ôl i Gruffydd: Roger.

'Ddim yn torri ar draws dim, ydw i?'

Try Gruffydd: 'Oes raid i ti? Sleifio o gwmpas?'

'Sori. Gin i rwbath i'w ddangos i Myfi. Ydi o'n iawn i fi iwsio'ch 'stafall chi eto?'

'Ella nad ydi o'n gyfleus i Miss Jones, Roger.'

''Na i ofyn iddi, ia?' Roger yn herio'r prifathro. Sgwaria'i ysgwyddau. Try at Myfi: 'Myfanwy?'

Gwibia llygaid Myfi yn chwithig o un i'r llall, a gwena'n nerfus. 'Mae'n *O.K.*, Mr Gruffydd.'

Try at Roger: 'Fydd . . . fyddwn ni'n hir?'

Gwena yntau'n smyg ar Gruffydd, ac yna arni hi.

'Na. 'Swn i'm yn *meddwl.*'

Ochneidia Gruffydd. Mae ganddo bethau gwell i'w gwneud na chael ei gorddi gan ryw bryfyn fel Roger. Cerdda at y plant. Cymer y sgript oddi ar Myfi, ac mae eu bysedd yn cyffwrdd yn ysgafn yn erbyn ei gilydd. Â Myfi gyda Roger allan o'r neuadd.

Wedi galw i ddangos ei erthygl yr oedd Roger.

'Siŵr ych bod chi yn 'y ngweld i'n hir. Dwi 'di bod yn brysur uffernol.'

Darllenodd Myfi'r darn.

'Mae o'n hwyr yn mynd i mewn, yndi, ond o'n i isio'i ga'l o'n iawn.'

'Mae o'n dda . . .'

'Diolch. Meddwl 'sach chi'n licio'i ddarllan o. Cyn i'r papur ddŵad allan.'

'Dyna *sweet* . . . Diolch.'

Gwenodd arno a rhoi'r erthygl yn ôl iddo.

Ysgydwodd ei ben.

'Gewch chi 'i gadw fo.'

'O . . . ia. Diolch.'

Oedodd Myfi yn chwithig am ennyd cyn troi a chydio yn nolen y drws.

'Mwynhau Tomen y Mur?'

'Sori?'

'Mwynhau Tomen y Mur?'

Culhaodd llygaid Myfi fymryn.

'Do, diolch. Laff.'

'Ia. Dyna be ma'r hen Gruff 'di bod yn 'i ddeud o gwmpas y dre.'

'Sori?'

Chwarddodd Roger. ''Mond tynnu coes.'

'Ma' Mr Gruffydd 'di bod yn garedig iawn.'

'Fetia i . . .'

'Be 'dach chi'n feddwl?' Fflamiodd ei llygaid.

Enciliodd Roger. 'Dim byd.'

'Na, dwi isio gwbod!'

'Dim byd! *Wir*!'

Oerodd canhwyllau ei llygaid. Llonyddodd eu fflamio, ac meddai yn ddiemosiwn: 'Os g'newch chi'n 'sgiwsio fi. Ma' gin i betha' i'w g'neud.'

Ac allan â hi. Chwythodd Roger ei fochau allan ac estyn am sigarét. Ond gwelodd y cylch a losgasai yng nghlogyn Mr Gruffydd a chofiodd am y rheol dim ysmygu. Gwthiodd y sigarét yn ôl i'w focs â'r fath nerth nes ei thorri'n ddwy.

Pan gamodd Myfi o ystafell Gruffydd ac i'r coridor tywyll bu'n rhaid iddi fygu gwaedd yn ei gwddf. Bu bron iddi â cherdded ar draws Mrs Rowlands. Safai'r hen wraig yno yn y gwyll, a phinc llachar ei ffedog mor binc â chnawd amrwd. A llefarodd yr hen wraig:

'Does dim rhaid i chdi gogio hefo fi, Eirlys. Does 'na'm un plentyn sy 'di bod trwy gatiau'r ysgol yma nad ydw i'n ei gofio. Hyd yn oed un adawodd pan oedd hi'n saith mlwydd oed.'

'M . . . ma'n ddrwg . . . gin i?'

'Beth bynnag ydi dy reswm di dros ddŵad yn ôl, ddaw dim daioni ohono fo. Dim daioni.'

A chyda thristwch dyfnach na'r rhychau o gylch ei llygaid hen, ciliodd yr hen wraig â'i chamau'n drymion. Gwyliodd Myfi'r lliw pinc yn pylu yn llwydni'r coridor, nes cael ei lyncu gan y cysgodion.

19

Ar ôl yr ysgol rai dyddiau'n ddiweddarach, cornel-wyd Myfi y tu allan i'r gatiau gan Meri Gruffydd. Nid dyma'r tro cyntaf. Bu'n ei phledu o'r dechrau efo gwahoddiadau i foreau coffi, i roi sgwrs yn *Merched y Wawr*, i fynychu'r capel. Llwyddodd Myfi i gadw'i phellter drwy honni mai prin iawn oedd ei hamser a hithau'n gweithio ar y sioe. Derbyniodd Meri ei hesgusodion yn ddigwestiwn, fel petai artist, yn groes i feidrolion, â hawl ddwyfol i fod yn anghymdeithasol. Ond roedd Meri'n cadw llygad arni, serch hynny, rhag ofn y byddai hi'n unig. A doedd ganddi ddim llawer o ddim byd arall i'w wneud, petai hi'n bod yn onest. Yn wir, teimlai Meri weithiau mai'r cyfan a wnâi oedd eistedd yn ffenestr ei pharlwr yn sbio allan ar y byd. Bob tro y gwelai hi rywun roedd hi'n ei 'nabod, neu am siarad ag o, allan â hi fel siot, i siarad bymtheg y dwsin.

Wrthi'n mynd trwy ei phethau roedd hi gyda Myfi, am y ffŷs yr oedd rhai pobl yn ei wneud yn sgil canslo'r sioe Nadolig draddodiadol.

'Dwi cystal Cristion â neb. Fi ac Ifor. Ond dim ots gin i be ddudith unrhyw un—*dwi*'n meddwl 'i fod o'n beth da. Ma'r *capal* yn g'neud drama'r geni. Does dim rhaid i ni gael dwy ddrama'n union yr un fath, oes? Argol! Ma' isio g'neud petha' newydd weithia'. Ne' colli'n pobol ifanc wnawn ni yn y Llan 'ma.'

'Diolch am ych *support*, Mrs Gruffydd.'

'Ddudodd Ifor? 'Mod i'n mynd i 'neud gwisgoedd.'

'Naddo.'

'O'n i'n arfar bod yn dipyn o giamstar ar wnïo. Ddim 'di ca'l cyfla i 'neud dim byd ers blynyddoedd. Rhy ddiog, ella.' Gwenodd yn hunanwatwarus.

'Peidiwch â mynd i draffarth.'

'Dim traffarth! 'Neith les i mi. Rhwbath i mi 'neud. Yn lle llnau'r tŷ a smwddio!'

Ar draws y ffordd, gwyliai Gruffydd ei wraig yn sgwrsio ac yn chwerthin. Wrth weld ei sirioldeb, aeth i deimlo'n annifyr. Ni wyddai pam. Croesodd at y ddwy, gan dincial goriadau ei gar. Y tro hwn, nid tincial diamynedd ydoedd ond tincial cwrtais, annwyl hyd yn oed.

'Barod?' meddai wrth Myfi.

Nodiodd hithau. Oedd. Roedd hi'n barod.

Ar ôl ffarwelio â Meri a mynd i mewn i'r car, trodd at Gruffydd gan wenu'n hynaws: 'Ych gwraig chi. Ma' hi'n hyfryd.'

Gwenodd Gruffydd. Ond roedd anesmwythyd yn y wên. Taniodd yr injan. A stôlio. Gwridodd, ac ailgynnau. I ffwrdd â nhw, ar hyd y ffordd oedd yn dringo ac yn dringo i fyny i'r mynydd-dir, at fwthyn bach gwyngalchog ymhell o olwg pawb.

Ni ddiffoddodd Gruffydd yr injan ar ôl stopio y tu allan i'r bwthyn. Yr oedd yn falch o'i sŵn i dorri ar y tawelwch. Eisteddai'r ddau'n gwbl lonydd. Pam na thynnai hi ei gwregys diogelwch a mynd o'r car, meddyliodd Gruffydd. Pam roedd hi'n aros? Pam nad âi hi rŵan, rŵan hyn? Ond pan drodd hi ei wyneb ato, gwelodd pam. Yr oedd deigryn yn disgyn i lawr ei grudd. Agorodd ei geg i drio dweud rhywbeth ond doedd ganddo ddim geiriau, dim ond awydd cryf i rwbio'r deigryn oddi yno, i gyffwrdd ynddi.

'Chi'n lwcus . . . o'ch teulu,' meddai hi'n herciog a'i llais yn torri drwy'r tawelwch tyn.

Datododd ei gwregys yn frysiog, agor y drws, ei gau'n glep, a brysio i'r bwthyn. Yr oedd pob dim mor sydyn. Yn sioc. Wedi dod o 'nunlle. A Gruffydd ddim yn dallt. Wedi drysu. Wedi ei daflu oddi ar ei echel.

Diffoddodd Gruffydd yr injan. Syllodd ar ddrws agored y bwthyn. Yn ei breuder, yr oedd hi wedi anghofio cau'r drws. Yn ara, ara deg, camodd Gruffydd o'r car. Safodd, a syllu ar y drws agored. Fedrai o ddim gadael dynes mewn gwendid. Cymerodd un cam petrus yn ei flaen. Ac un arall. Fel un yn cerdded yn droednoeth ar ddrain, tramwyodd heibio'r muriau gwyngalch at y drws. *Agorwch dipyn o gil y drws o gil y drws o gil y drws . . .*

Oedodd. Beth ddylai ei wneud? Cnocio? Neu feindio'i fusnes? Efallai y byddai'n well ganddi fod wrthi hi ei hun; efallai mai'r peth olaf roedd hi isio'i weld oedd ei wyneb ef. Cododd ei ddwrn i guro'r drws. A'i ollwng yn llipa. Gwthiodd y drws yn lletach agored a chamu i'r bwthyn.

Doedd dim golwg ohoni yn y gegin. Troediodd yn ara tua'r parlwr. A dyna lle'r oedd hi. Yn sefyll yn y ffenestr a'i chefn tuag ato. Roedd ei hysgwyddau'n crynu a dôi'r sŵn wylo tawela o'i chyfeiriad. Syllodd Gruffydd arni heb wybod beth i'w ddweud na'i wneud.

O'r diwedd, mentrodd yn chwithig: 'Y . . . Ydach chi'n iawn?'

Ysgydwodd ei phen. Trodd ei hwylo'n igian a herciodd y geiriau o'i genau: 'Ma'n . . . ddrwg . . . gin i. Celwydd . . . dwi 'di deud . . . celwydd . . . Am pam dwi yma . . . 'Y merch i . . . 'y mhlentyn i . . . Fuodd hi farw . . . 'na pam . . . ddois i 'ma . . . Dengid . . .'

Dechreuodd grynu nes bod ei chorff yn ysgwyd, fel petai ar fin llewygu. Aeth draw ati a gafael ynddi am ei chanol i'w hatal rhag disgyn. Trodd hithau a llithro trwy gylch ei freichiau i'r llawr. Roedd ar ei gliniau o'i flaen. Claddodd ei hwyneb yn ei arffed. Crafangodd ar hyd gwaelod ei gefn, ei ben-ôl, ei chydio mor gry' nes i'w gluniau yntau wegian, wrth iddi ei dynnu i lawr, i lawr, ei bysedd yn crafangu am wregys ei drowsus . . .

Yr oedd ar y llawr gyda hi. Pob dim yn hercio. Pob man yn troi. Yr oedd o tu mewn iddi. Yr oedd hi'n symud oddi tano, yn gwthio i fyny, yntau'n gwthio i lawr, y ddau'n pwnio i mewn i'w gilydd, pob dim yn cyflymu, gwylltu, eu hanadl, eu cluniau, eu cyrff. Cwlwm tyn. Yn mynd yn dynnach. Yn gwasgu, clymu, troelli'n wyllt, wyllt . . . Nes llonyddu. Llacio. Ei phen hi'n gorwedd 'nôl. Ei gorff ef yn gorwedd arni. Cwlwm llac, llipa.

Datglymodd Gruffydd ei hun a chodi'n frysiog.

Trodd ei gefn arni a chau ei drowsus. Chwithdod. Cywilydd. Roedd o eisiau gadael. Cefnu. Aeth am y drws. Gafael yn y ddolen. Oedi . . .

'Mae'n . . . ddrwg . . .' Methodd â gorffen ei frawddeg.

Roedd Myfi'n dal ar lawr, ei sgert am ei chanol a'i sanau'n glwmp am ei migwrn. Cododd i eistedd. Syrthiodd y sgert yn ôl yn dwt, yn ei gwneud yn weddus drachefn, ac meddai: 'O'n i isio ti . . .'

Ysgydwodd Gruffydd ei ben rhyw fymryn ac angori ei law ar ddolen y drws. Doedd hyn ddim yn real, ddim yn digwydd.

''Dach chi . . . mewn galar . . . ddim yn gwbod be . . . Ddylwn i ddim bod wedi . . . Ma' gin i deulu . . .'

Rhewodd. Roedd llaw oer ar ei wddf. Roedd y llaw'n mwytho'i war, yn cylchu ei wddf. Ochneidiodd, yr ias i fyny ei asgwrn cefn yn gryfach na'r ewyllys i gamu drwy'r drws a chefnu ar ei bechod. Teimlodd ei dwy law'n gafael yn ei ysgwyddau ac yn ei droi i'w hwynebu. Gadawodd iddo'i hun gael ei gloi yn ei breichiau. I gychwyn, roedd o'n llipa, ei freichiau'n gorwedd yn farw wrth ei ochrau. Ond roedd hi'n cydio ynddo'n dynnach, dynnach, fel petai'n trio gwasgu'r bywyd ohono, fel petai am ei fygu yng nghlo ei choflaid. Dechreuodd wegian. Gwanhau. Yn sydyn, cydiodd yntau. A chlymu.

20

Mae'r plant yn chwarae mig. Mae Gwen yn cuddio rhag yr heliwr. Mae hi'n llechu tu allan i gât yr ysgol, yn sbecian drwy'r bariau haearn, a'i chalon yn curo'n gyflym, gyflymach. Tap tap tap. Clyw draed ar y palmant tu ôl iddi. Mae'n troi ei phen. Miss Jones. Yn dod am y gât, ei chôt blastig ddu yn hongian oddi ar ei hysgwyddau fel clogyn. Anghofia Gwen am y gêm. Gwena'n llydan: 'Helô!'

Mae Miss Jones yn sefyll yn stond. Yn syllu drwy Gwen fel petai hi ddim yno. Yna cymyla ei llygaid. Edrycha'n ddryslyd, fel petai Gwen yn ddieithr. Crycha aeliau Gwen am funud: oes rhywbeth yn bod ar Miss Jones? Ding a ling a ling . . .

Cloch yn canu ar yr iard. Mrs Rowlands sy'n canu'r gloch. Amser chwarae wedi dod i ben. Edrycha draw at y gât lle mae Gwen fach yn sbio i fyny ar Myfi, fel ebol yn sbio'n addolgar ar gaseg. Arafa ei chloch.

Deffry Myfi o'i syllu pell. Mae'n sbio ar Gwen ac yn gorfodi gwên. Ond nid yw'n wên ddidwyll. Y mae hi'n wên annifyr.

Nid yw Gwen yn ymwybodol o unrhyw ffalster. Estynna yn eiddgar i boced ei chôt: 'Dwi 'di g'neud llun o Blodeuwedd. 'Dach chi isio'i weld o?'

Mae hi'n cynnig y llun i Myfi. Nid yw dwylo Myfi'n symud. Nid yw am gyffwrdd y llun. Sylla arno a nodio.

Estynna Gwen drachefn, yn fyrlymus: 'Gewch chi 'i gadw fo . . .'

Ond ysgydwa Myfi ei phen ar unwaith. Yn bendant. 'Na. Ti bia fo. Mae'n dda iawn.'

Ac i ffwrdd â hi drwy'r gât. Gadawa Gwen a'i llaw'n ymestyn i'r gwagle. Drwy'r bariau haearn rhytha Gwen ar Miss Jones yn mynd yn llai ac yn llai wrth groesi'r iard—yn lleihau o flaen ei llygaid. Edrycha ar y llun y bu hi wrthi am oriau'n ei greu, yn ei liwio'n ofalus, yn iwsio'i set orau o ffelt pens. Caea ei dwrn am y llun, ei llaw'n crynu â dicter, nes ei blygu'n belen. Fe'i tafla i'r llawr ac fe syrthia i bwll o ddŵr.

Yn ei siom a'i thymer, ni sylwa Gwen fod Mrs Rowlands wedi dod ati. Plyga'r hen wreigan a chodi'r llun. Mae'n ei estyn yn dyner at Gwen.

'Ti 'di gollwng hwn.'

'Dwi ddim isio fo!'

'Gwen . . .'

'Dwi ddim isio fo, reit? Mae o'n rybish!'

Ac i ffwrdd â hi. Rhed ar draws yr iard.

Yn ofalus, datglyma'r hen wraig y llun. Mae'r lliwiau i gyd yn rhedeg a llygaid Blodeuwedd yn edrych fel petaen nhw'n wylo. Ceisia Mrs Rowlands sychu'r dagrau ond mae'r staeniau'n aros. Ydyn, mae'r staeniau'n aros. Ochneidia Mrs Rowlands, gan deimlo'n hen, hen.

21

Yr oedd hi'n hwyr y nos yng nghartre'r teulu
Gruffydd. Yn ei stydi, dan olau lamp fechan,
roedd Gruffydd wrthi'n cyfieithu sgript Myfi. Ers
dyddiau, bob gyda'r nos, dyna fu'n ei wneud.
Trosai ei geiriau ag angerdd, yn anwesu pob sill,
yn teimlo'r cwlwm rhyngddynt yn tynhau, er na
wyddai fawr mwy amdani na chynt. Ond fe
wyddai i sicrwydd nad oedd erioed wedi profi'r
fath beth. Weithiau, stopiai weithio er mwyn
ymdrochi yn ei atgofion o'u caru. Ymdrybaeddai
ym mhob manylyn, eu hailchwarae drosodd a
throsodd ar stribed ffilm ei go', yn twymo
trwyddo. Yr oedd yn wallgofrwydd—oedd, wrth
gwrs, wrth gwrs—yn wallgofrwydd llwyr, ond ni
fedrai ddod at ei synhwyrau, doedd o ddim *am*
ddod at ei synhwyrau, yr oedd ei synhwyrau'n
awchlym, yn awchu pob dim. Yr oedd y dŵr ym
maddon ei fywyd wedi stopio gwagio, wedi stopio
oeri, ac yn llenwi, yn llenwi drachefn, yn
byrlymu'n gynnes, boeth. Teimlai'n fyw am y tro
cyntaf ers blynyddoedd. Yn nhir neb ei ganol oed
yr oedd wedi canfod gwerddon lachar, fywiol;
sbloets o liw oedd yn dallu'r llwydni a'r anobaith.

Mae'r drws yn agor y tu ôl iddo'n dawel bach:
Gwen, yn ei gŵn nos, yn rhwbio'i llygaid yn
gysglyd.

'Dach chi'n mynd i ddeud stori?'

'Ddim heno, 'mach i. Gorfod g'neud gwaith . . .
ar gyfar ych sioe chi . . .'

Saetha siom ar draws wyneb Gwen. Mae hi'n troi yn bwdlyd. Yn sydyn, fel rhaeadr swnllyd, rhuthra'r euogrwydd drwy Gruffydd. Daw llais synnwyr, sobrwydd, yn ôl a'i sodro i'r ddaear. Be gythraul mae o'n feddwl mae o'n ei wneud? Be sy ar ei ben o? Cwyd ar ei draed yn sydyn, eisiau gwneud iawn am ei bechod, dileu'r drwg.

'Lle ma' 'nghusan nos da i, 'ta?'

Mae Gwen yn codi ei hysgwyddau, yn cogio nad yw hi'n hidio amdano. Gwrthoda droi. Daw yntau'n araf tuag ati. Rhydd gusan fechan iddi ar dop ei phen. Ond nid yw hi'n mynd i sbio arno. Mae hi'n rhy falch, yn rhy 'styfnig. Gaiff o dalu am wrthod ei chais.

'Nos da!' medd Gruffydd.

Mae hi'n camu o'r ystafell, a'i hysgwyddau bychain yn grwm gan siom. Yn sydyn, cydia Gruffydd yn ei braich a'i throi tuag ato'n dyner.

'Olreit! Mi *gei* di dy stori. *Wrth gwrs* y cei di dy stori! Dydi Dadi byth yn dy siomi di, yn nacdi?'

Ac mae Gwen yn gwenu. Gwayw drwy'r galon i'w thad. Na, wnaiff o fyth ei siomi. Rhaid iddo orffen y gwallgofrwydd yma gyda Myfi. Salwch ydi o. Rhaid iddo orffen y peth. Ar unwaith. Gadael llethrau llesmeiriol y cwm lle na theimlodd erioed mor fyw a dod yn ôl i'r ddaear. Er mwyn Gwen. Does ganddo mo'r hawl i'r fath bleser hunanol, anghyfrifol. Be ddaeth dros ei ben? Cwyd ei ferch yn ei freichiau a'i chario i'w llofft.

Wrth ddarllen stori Eira Wen, sobra Gruffydd

drwyddo ac ymdawela wrth sbio ar lygaid diniwed Gwen yn brwydro i aros yn agored. Cyn cyrraedd diwedd y chwedl, y mae hi'n cysgu'n sownd, a'i llaw fechan yn cydio'n dynn yn ei law ef.

Aeth Gruffydd i fyny i fwthyn Myfi y noson honno. Nid oedd angen esgus arno gan nad oedd Meri yn amau dim. Cyn belled ag yr oedd hi yn y cwestiwn, gweithio ar y sioe gyda'i gilydd roedd Myfi ac Ifor, ac roedd yn naturiol, a hithau'n fis Rhagfyr bellach, eu bod yn treulio llawer o amser gyda'i gilydd.

Cnociodd Gruffydd ar ddrws y bwthyn. Doedd dim ateb. Cnociodd eto a chamu yn ôl. Yr oedd golau i fyny'r grisiau. Rhaid ei bod hi i mewn. Arhosodd. O'r diwedd, clywodd sŵn ei thraed oddi mewn. Cilagorodd y drws. Roedd ei gwallt yn wlyb ac roedd hi'n gwisgo'i chôt ddu. Gwenodd Myfi, gan ymlacio.

'O. Ti sy 'na. Sori. Yn y bath o'n i. Dyna pam gwisgis i'r gôt yma. Rhag ofn mai Roger neu ryw grîp arall oedd 'na. 'Swn i'n gwbod mai ti o'dd o, 'swn i jyst 'di taflu tywel amdana—neu ddim byd o gwbwl, wrth gwrs!'

Chwarddodd ac ymestyn i'w gusanu. Ond symudodd o'i ffordd hi a chamu i'r gegin, gan gau'r drws yn gadarn ar ei ôl. Diflannodd ei gwên hithau.

'Ma'n ddrwg gin i, Myfi.'

'Sori?'

'Fedra i ddim.'

Trodd i fynd cyn iddo fethu, ond taflodd hithau

fachyn: 'Dwi . . . jyst isio i chdi wbod . . . fyddwn i ddim wedi peryglu dy deulu di . . . Gin i feddwl y byd o dy wraig. A Gwen.'

Doedd Gruffydd ddim eisiau clywed. Eisiau mynd oddi yno, eisiau aros . . .

'Ti 'di'n helpu i lot. I ddod dros y golled. 'Sgin ti ddim syniad . . .'

'*Plîs* . . .'

Saib. Myfi'n ailgychwyn: 'Dwi'm yn meindio mai jyst ffling ydi o, ti'n gwbod—*no strings*— siwtio fi. Dwi'n gada'l mewn tair w'thnos. *I mean* —gan bo' ni wedi "pechu"—be 'di'r pwynt stopio rŵan? Waeth i ni fwynhau'r amser sy ar ôl . . .'

Chwerthiniad ysgafn. Cydia Gruffydd yn nolen y drws. Mynd. Dos.

'Dwi'n 'yn *thirties*, Ifor—dydw i ddim yn disgwyl dim byd. Ti'n gwbod medri di 'nhrystio i i gau 'ngheg . . .'

'Ti'm yn dallt! Dydw i ddim isio dy iwsio di.'

'Pam ddim?'

Gwgodd Gruffydd ar ei law'n cydio yn nolen y drws. Pam nad oedd y llaw'n ufuddhau ac yn gwthio'r ddolen i lawr, yn gadael iddo gefnu ar y ddynes oedd yn dweud pethau nad oedd o eisiau eu clywed, ddim yn disgwyl eu clywed ac eto eisiau eu clywed, eisiau eu gwneud . . .

'Tro rownd!'

Llais Myfi. Na. Nid yw'n mynd i droi. Mae'n mynd i fynd. Gadael.

'Ifor . . .'

Trodd. Yr oedd hi'n gwenu'n ddireidus arno, ei

106

chôt ddu'n agored, a hithau'n noeth fel blodau'r wawr. Y peth nesa a wyddai Gruffydd roedd o'n gwthio'i chlogyn oddi ar ei hysgwyddau . . .

Yr oedd ei wraig yn dal ar ei thraed pan ddaeth yn ei ôl o'r bwthyn, yn brysur yn gwnïo dillad ar gyfer y sioe ac yn hanner gwylio'r teledu o flaen y tân. Camodd Gruffydd i mewn i'r parlwr. Trodd hithau ei phen a gwenu arno.

'Sut a'th hi?'

'Iawn.'

'Ydach chi bron â gorffen?'

'Do. Bron iawn.'

'Ista lawr. Mi 'na i banad. Ti'n edrach 'di blino . . .'

Rhoddodd ei gwnïo o'r neilltu a chodi ar ei thraed. Oedodd yn ei ymyl.

'Fasat ti'n meindio taswn i'n deud rhwbath?'

Edrychodd arni'n llesg.

'Dwi'n andros o falch bo' ti 'di newid dy feddwl. Am y sioe. *Ddudis* i nad bai Myfi oedd o, na ddyliat ti ddim 'i gym'yd o allan arni hi, a ti'n gwbod be?'

Roedd wyneb Gruffydd yn gwbl ddifynegiant.

'Mi wyt ti'n *llawar* hapusach ers i ti gym'yd diddordab. Profi gymint elli di 'neud ar ôl i ti orffan gweithio. Y *dechra'* fydd hyn, Ifor—gei di weld! Ti isio siwgwr, 'ta *hermesetas*?'

Ysgydwodd ei ben yn fud. Gadawodd Meri'r parlwr a syllodd Gruffydd i'r tân oedd yn marw yn y grât. Ymestynnodd i roi proc iddo. Ond newidiodd ei feddwl. Bodlonodd ar wylio'r tân yn mynd yn wannach ac yn wannach ac yn wannach.

22

Ar ôl i Gruffydd orffen cyfieithu'r sgript, cynig-
iodd Myfi ei bod hi'n ei deipio ar ei chyfrifiadur er
mwyn medru gwneud copïau taclus. Cytunodd
yntau, gan awgrymu rhai gwelliannau. Derbyniodd
hithau ei welliannau. Efallai fod ei sgript hi a'r
plant braidd yn uchelgeisiol, a Gruffydd oedd yn
'nabod y plant orau. Fo wyddai beth oedd o fewn
eu cyraeddiadau.

Wrthi'n ailwampio yr oedden nhw un noson yn
y bwthyn. Roedd Myfi yn y gegin yn gwneud
paned a Gruffydd wrtho'i hun yn y parlwr.
Dechreuodd ffidlan efo'i chyfrifiadur. Doedd o
ddim yn deall fawr ddim ar y taclau er iddo gael ei
yrru ar sawl cwrs.

Daeth llais Myfi o'r gegin: ''Sgin i ddim llaeth.
'Neith du y tro?'

'Iawn.'

Brathodd Gruffydd ei wefus. Yr oedd wedi
gwneud rhywbeth, wedi gwasgu ei fys ar ryw
fotwm ac wedi colli'r sgript oddi ar y sgrin. O
diar, gobeithio nad oedd o wedi dileu'r holl waith:
mi fyddai Myfi'n ei ladd . . . Roedd rhestr o ffeiliau
o'i flaen ar y sgrin. Chwiliodd yn ofer am y ffeil
o'r enw Blodeuwedd. Ond stopiodd. Ymhlith yr
holl ffeiliau Saesneg, yr oedd un â theitl Cymraeg:
Cerdd Eirlys. Crychodd ei aeliau. Cerdd Eirlys?

Ar hynny, daeth Myfi i mewn i'r ystafell, yn
cario hambwrdd ac arno ddau fẁg.

Dechreuodd Gruffydd ymddiheuro'n syth:

'Y . . . dwn i ddim be dwi 'di 'neud ond dwi 'di colli'r sgript . . .'

Ochneidiodd Myfi a gwên ar ei gwefus. Aeth i roi'r hambwrdd i lawr.

'Gad i mi weld.'

'Eirlys . . .'

Saethodd wyneb Myfi i fyny. Syllodd ar Gruffydd fel petai wedi ei tharo gan fellten.

'Pwy ydi hi?'

'Be?'

'Eirlys . . . Mae 'na ffeil yn fan'ma: "Cerdd Eirlys" . . .'

Edrychodd Myfi'n sydyn ar y sgrin. Gwelodd nad oedd y ffeil wedi ei hagor er bod y teitl yn glir.

''Y merch i . . .' meddai. Saib.

Mentrodd Gruffydd yn ei flaen: 'Ti isio . . . deud? Ti ddim wedi sôn . . . ers y noson gynta . . .'

'Damwain car . . . Sori . . . Alla i ddim . . . Ma' bod efo ti . . . yn fwy o help nag unrhyw siarad . . .'

Ond roedd Gruffydd yn benderfynol. Châi hi ddim celu, na, fe yrrai yn ei flaen, tyrchu dan yr wyneb, y cnawd, at y person oddi mewn, y person oedd mor agos ato, ac eto mor bell.

'Mi sgwennest ti gerdd . . . i dy helpu di i ddod i delera' . . . Dwi 'di clywad am bobol sy'n g'neud hynny: sgwennu petha', er mwyn dŵad dros rwbath . . .'

'*Hi* ddaru . . .'

Nid oedd Gruffydd yn deall.

'Eirlys. Hi sgwennodd y gerdd . . .'

'Yn Gymraeg?'

Nodiodd Myfi.

'Am be mae hi?'

'Dial.'

Edrychodd Gruffydd yn llawn consýrn.

'Ddigwyddodd rhwbeth iddi. Cyn iddi farw. Fuodd 'na . . . rywun yn gas . . . Dydi plant ddim yn anghofio . . .'

'Ga i weld?'

Ysgydwodd ei phen.

'Dwi byth yn agor y ffeil . . . Mae'n brifo gormod.' Edrychodd Myfi yn drasig am ennyd.

Yna gwenodd ac ysgafnhau'r awyrgylch. Gwyddai Gruffydd ei bod hi wedi cau pen y mwdwl. Bob tro yr ysgafnhâi hi'r sgwrs, yr oedd wedi deall bellach mai ei ffordd hi o ymbellhau ydoedd, fel petai hiwmor a chellwair yn fur yr oedd hi'n ei godi bob tro yr oedd perygl o ddangos emosiwn neu fynd yn ddwys.

'Reit 'ta! Gad i mi weld be ti 'di 'neud. Gobeithio nad w't ti wedi'i weipio fo i gyd . . .'

Pwysodd drosto i edrych ar sgrin y cyfrifiadur.

'Jyst gwasgu rhwbath . . . 'na'th o ddiflannu . . .'

'Ddylach chi ddim chwara' efo petha' 'dach chi'm yn dallt, Mr Gruffydd bach . . .' meddai hi'n ysgafn.

Dawnsiodd ei bysedd ar y cyfrifiadur ac yn ddisymwth, ymrithiodd geiriau'r sioe yn ôl ar y sgrin.

'Ti'n lwcus!'

'Ga i faddeuant gin ti?' meddai Gruffydd gan edrych i fyny arni â'i lygaid yn sgleinio. Gwenodd hithau i lawr arno a gadael iddo roi ei freichiau am ei chanol.

'Cei. Gei di faddeuant.'

Ond wrth iddi roi o-bach i'w ben moel, diflannodd y wên, caledodd y llygaid a thywyllu nes nad oedd dim golau ynddynt, dim un wreichionen fach.

Gwreichionai goleuadau'r optics yn llygaid Roger.
Yr oedd wrth y bar, fel o hyd. Yn un o'r
pedwarawd. Fo. Ann. Daf. Wil. Yn mynd trwy'r
un leins. Amrywiadau ar yr un thema. Gan Ann y
daeth yr agorawd.

'Wel? Ti 'di ca'l dy wiced wê efo hi eto?'

'Y?'

'Dy ffrind, Julia Roberts!'

'Ia. 'Dan ni i gyd yn aros . . .'

'Be w't ti, Roj? Dyn 'ta dynas?'

Syllodd Roger i'w beint, yn sigo dan bwysau eu
gwawd. Gwelodd Ann ei bod hi'n amser cyrraedd
y *finale*.

'O be wela i, 'sgin y snoban ddim amsar i neb
ond Ifor Gruffydd . . . Rhaid 'i bod hi'n licio
dynion hŷn—ffâddyr ffigyrs—dynion efo *profiad* . . .'

Anelodd y gair 'profiad' yn syth at Roger. Ond
ni chym'rodd yr abwyd. Na, ddim tro 'ma. Nid
oedd yn mynd i wylltio, nid oedd yn mynd i golli
ei limpin.

'Paid â phoeni, Roj. Dw *i* yma i chdi unrhyw
adag . . .'

Gwenodd Roger arni. Fe gâi hi weld, o câi. Fe
ddangosai iddi, i'r tri ohonyn nhw. Fe gaeai eu
cegau, o gwnâi, tynnu'r gwenau sbeitlyd oddi ar
eu gwefusau.

Pop! Agorodd Myfi'r botel siampên. Tasgodd yr ewyn o geg y botel. Cydiodd mewn gwydr i ddal yr hylif cyn tywallt dau wydryn a'u cario i'r parlwr.

Estynnodd un i Gruffydd: ''Ma ti. I ddathlu bo' ni 'di gorffen.'

'Dydw i ddim yn yfad alcohol.'

'Twt! 'Neith un gwydriad ddim drwg . . .'

Petrusodd Gruffydd, ond gadawodd iddi sodro'r gwydryn yn ei law. Nodiodd at y sgript orffenedig ar y bwrdd.

'Ma'n edrach yn broffesiynol iawn . . . safon da ar y print.'

'Oes. Es i â'r fflopi at ŵr un o ffrindiau Meri— o'dd gynno fo *laser printer*—trw' lwc, o'dd o'n *compatible* . . .'

Nodiodd Gruffydd er nad oedd yn deall yr ieith-wedd gyfrifiadurol. Edrychodd arni'n chwilfrydig. 'Mi sylwis i ar y dudalan gynta, o dan y teitl, dy fod ti wedi'i chyflwyno hi i dy dad?'

'Do.'

'Oes 'na reswm?'

'Fydda fo'n falch, 'na i gyd.'

'Fydda fo?'

'Mae o 'di marw . . . Jyst rhwbeth i mi ydi'r cyflwyniad, Ifor. Dwn i ddim pam 'nesh i o, deud gwir. O'dd o jyst yn ddyn mor sbesial. Dad.'

Ymbalfalodd Gruffydd am rywbeth i'w ddweud.

Daeth ei eiriau allan yn chwithig, annaturiol: 'Yn . . . ddiweddar fuodd o farw?'

'Na. Pan o'n i'n saith. Fuodd rhaid i fi symud i fyw at Nain a Taid . . .'

'Ond be am dy fam?'

''Di mynd.'

'Be ti'n feddwl?'

''Na'th hi ada'l pan o'n i'n fabi. Mynd off hefo rhywun arall . . .'

Wrth weld wyneb syn Gruffydd, gwenodd Myfi.

'Paid ag edrach mor drist! 'Nesh i 'rioed 'i 'nabod hi. O'dd o amser maith yn ôl. *O.K.*, dwi 'di ca'l bywyd trist, ond ddim tristach na lot o bobol.'

'Ti'n ddewr iawn.'

'Ha!'

'Lle o'dd hyn? Dwi'n gwbod ma' rhwla i'r gogladd o fan'ma, ond ti 'rioed 'di deud yn *union* . . .'

'Arfon. Ffarm fach, wrth Dinas Dinlla . . . Ella mai dyna lle gychwynnodd 'y niddordab i'n y chwedl . . .'

'Mm?'

'Dinas Din*lleu*? Caer Arianrhod? Oni bai amdani hi, Arianrhod, 'sa Gwydion ddim 'di gor'od creu Blodeuwedd yn y lle cynta. Merchaid sur a'u melltithion—isio'u gwatsiad nhw, Ifor— dwi'n deu'thach chdi!'

Gwenodd. Ond doedd Gruffydd ddim yn gwrando.

'O'ddach chi'n agos? Chdi a dy dad?'

'Fo o'dd pob dim. Yr haul! Hmm! Ella bo' chdi'n 'yn atgoffa i ohono fo. Dyna dduda'n *analyst* i yn L.A.! *Father fixation* . . .'

Edrychodd Gruffydd yn dyner arni.

'Ar ôl i Eirlys farw est ti'n isal?'

'Mm? O na . . . Wel . . . do. Es i ato fo, yr *analyst*. Ar ôl y ddamwain, do . . .' Gwisgodd wedd ddioddefus am ennyd, cyn sioncio drachefn. 'O'n i'n mynd yn amlach pan o'dd dim byd drwg 'di digwydd i fi. *Self absorbed or what?* Ond fel 'na ydan ni yn L.A. Pawb yn wallgo'!'

Fedrai Gruffydd wneud dim ond syllu arni. Yr oedd hi'n ddynes arbennig—wedi colli ei phlentyn, wedi colli ei rhieni, wedi gadael ei gwlad, ac eto, yr oedd hi'n medru gwenu, medru gwneud hwyl am ei phen ei hun, wedi medru cadw ei synnwyr digrifwch. Ac yntau, yn ei fychanfyd, wedi cael bywyd mor hawdd, mor ddigynnwrf, yn mynd i iselder am rywbeth mor bitw ag ymddeoliad cynnar. Rhyfeddodd. Yr oedd am edrych ar ei hôl, ei gwarchod, gwneud iawn iddi am yr holl bethau drwg oedd wedi digwydd, rhwbio eli ar y briwiau yr oedd hi'n trio mor galed i'w cuddio oddi wrtho.

'Ty'd. Neu mi fydd y siampên 'ma 'di mynd yn fflat,' meddai Myfi, a chodi ei gwydr a'i dincial yn erbyn ei wydr ef: 'I dadau ym mhobman!'

Stopiodd Myfi'n syth o weld wyneb Gruffydd.

'Sori. O'dd hwnna ddim yn beth sensitif i ddeud. Ti'n meddwl am Gwen.'

Nid atebodd Gruffydd.

'Plant sy bob amsar yn diodda'.'

Gwibiodd euogrwydd drwy lygaid glas Gruffydd. Cyffyrddodd Myfi'n dyner yn ei law. 'Paid â phoeni. 'Neith Gwen ddim diodda'. Fydda i 'di mynd o 'ma cyn hir a geith popeth fynd 'nôl i normal. Fydd o fel 'swn i heb *fod*.'

'Dwi'n dy garu di.'

Daeth y datganiad o'i geg heb ffanffer na ffrils, ac edrychai'n ddryslyd, fel petai'r geiriau wedi dod allan o'u hanfodd, fel petai ganddynt eu meddwl eu hunain. Ond aeth yn ei flaen, a dim ond wrth eirio, wrth fynegi, y daeth ei deimladau yn real iddo. Tan hynny, nid oedd yn gwybod eu bod yno. Dim ond ar ôl i'r gair ddod yn gnawd y sylweddolodd gymaint mwy na chnawd oedd hi.

'Dwi ddim isio i chdi ada'l.'

Trodd a gadael yr ystafell. Methodd felly â gweld y grechwen yn llygaid gwrthrych ei serch.

25

Blodeuwedd.
Rhagfyr 24ain
7.30
Ysgol Gynradd y Llan
Croeso cynnes i bawb!

Roedd y posteri mewn llawer man yn y Llan, yn eu plith y Swyddfa Bost. Dod allan o'r Post yr oedd Myfi a degau o ffotocopïau o'r sgript yn ei dwylo. Trwy gornel ei llygad, gwelodd Roger yn llechu yr ochr draw i'r stryd. Cogiodd nad oedd hi wedi ei weld a cherdded yn frysiog i'r cyfeiriad arall, tuag at yr ysgol. Ond ar ôl ychydig gamau daeth yn ymwybodol o sŵn traed y tu ôl iddi. Roedd o'n ei dilyn.

'Dim lifft heddiw, 'ta?'

Trodd hi, yn ddiamynedd. 'Sori?'

'Gin Ifor Gruffydd? Fo sy'n ych siôffro chi o gwmpas fel arfar, 'de?'

'O'n i ffansi cerddad,' meddai hi'n oeraidd, a throi ei chefn arno.

'Cadw'ch hun i chi'ch hun?'

Daeth arogl diod-y-noson-gynt i'w ffroenau.

''Blaw am Ifor Gruffydd . . . neb arall digon pwysig i chi.'

Stopiodd Myfi, a throi: ''Dan ni wedi bod yn gweithio 'fo'n gilydd.'

'Yn agos iawn, yn ôl pob golwg . . .'

'Be 'di dy broblam di, Roger—y?'

Ysgydwodd Roger ei ben yn ddiniwed. Fel petai menyn ddim yn toddi yn ei geg.

'Iw-hw! Myfi!'

Llais Meri Gruffydd. Trodd Myfi, a'i gweld.

Yna gwenodd yn gas ar Roger. 'Esgusoda *fi*,' ac aeth at Meri oedd yn sefyll y tu allan i'r siop gigydd gyda dynes arall.

'Swn i'n licio i chi gwrdd â ffrind i mi— Heulwen . . .'

'Ma' Meri 'di bod yn sôn lot amdanach chi.'

Gwenodd Myfi ac ysgwyd llaw Heulwen wrth i Meri fyrlymu'n ei blaen: 'O'n i jyst yn deud wrth Heulwen . . . Dwi 'di ca'l syniad ardderchog am wisg i Blodeuwedd . . . 'Yn ffrog briodas i . . .'

'O . . .'

'Cyfan ma' hi'n g'neud ydi hel llwch adra. A waeth 'mi gyfadda fydda i fyth y seis yna eto, fydda i? Mi fasa'n neis i mi roi ryw iws iddi . . .'

'Ond 'sach chi'n gorfod 'i thorri hi . . .'

'Waeth hynny mwy na gada'l iddi hongian mewn cwpwrdd yn dda i ddim i neb . . .'

Wrth weld yr olwg bryderus ar wyneb Myfi, cyffyrddodd Meri yn dyner yn ei braich a gwenu.

'Peidiwch â phoeni, Myfi bach. Dwi'n berffaith siŵr.'

Gostyngodd ei llais ac ychwanegodd yn fwy difrifol: 'Fedra i'm dechra' deud wrthach chi gymaint o ddaioni ma' hyn 'di 'neud i Ifor. O'n i'n poeni amdano fo, yn toeddwn Heulwen? Mae o 'di ca'l 'i drin mor wael gin yr awdurdoda', a fynta 'di rhoi pob dim sy gynno fo i'r ysgol. Ond ma'r sioe yma fel tasa hi 'di tynnu'i feddwl o oddi ar y peth—wedi rhoi bywyd newydd iddo fo . . .'

Yn neuadd yr ysgol, yn ddiweddarach yr un diwrnod, mae Myfi a Gruffydd wrthi'n castio rhannau ar gyfer y sioe. Maent wedi penderfynu mai'r ffordd decaf o gastio yw trwy roi enwau'r plant i gyd mewn bwced. Plymia Myfi ei llaw i ganol y darnau papur. Dyma'r uchafbwynt. Castio'r seren.

'Ac yn ola . . . Blodeuwedd,' medd Myfi, gan dynnu enw o'r bwced. Edrycha ar yr enw. Sylla'r plant arni, ar bigau, y merched yn obeithiol, y bechgyn yn chwilfrydig. Pwy fydd Blodeuwedd? Pwy gaiff y rhan sy bron cystal â rhan Mair yn stori'r baban Iesu? Gwena Myfi wrth weld yr enw.

'Gwen Gruffydd.'

Sylla Gwen, yn methu credu ei chlustiau. Gwrida'n ffyrnig. Mae sawl un yn gwneud wynebau, a chlyw Gwen sibrwd maleisus merch y tu ôl iddi. 'Hy! *Jyst* achos pwy ydi hi.'

Gwena Myfi arni.

'Llongyfarchiadau, Gwen.'

'Rhowch o i rywun arall,' medd Gwen.

Gwga Gruffydd arni. 'Gwen . . .'

'Dwi ddim isio 'i 'neud o.'

'Dyna *ddigon*!'

Trewir Gwen yn fud. Mae Dadi'n sbio'n flin arni. Nid yw erioed wedi rhoi row iddi o flaen yr ysgol o'r blaen. Sylla Gwen ar y llawr. Mae dagrau yn pigo ei llygaid. Dyw Dadi ddim yn dallt. Dydi hi ddim yn licio Miss Jones ddim mwy. Mae Miss

119

Jones wedi gwrthod 'i llun hi, wedi stopio cym'yd sylw ohoni hi, felly pam ddyla hi fod yn neis wrth Miss Jones? Ac ma' hi 'di ca'l digon ar stori Blodeuwedd. Blodeuwedd, Gwydion, Gwydion, Blodeuwedd. Dydi hi'm 'di clywed dim byd arall ers w'thnosau. Mae hi 'di blino ar y stori, 'di blino ar Dadi'n gweithio'n hwyr bob nos, yn dod adre ar ôl iddi fynd i'w gwely, yn anghofio deud stori cyn mynd i gysgu er iddo fo addo. Mae hi 'di ca'l digon. Mi fasa'n well gynni hi tasan nhw'n g'neud drama'r geni iddi hi ga'l gwisgo fel angel efo tinsel ar hangyr uwch ei phen. Bugail oedd hi llynedd a'i thro hi 'leni oedd ca'l bod yn angel ond rŵan ma' hi'n gorfod chwara' rhan rhywun drwg, achos mae hi 'di dechra' meddwl fod Blodeuwedd yn ddrwg, yn ddrwg iawn. Dim ond trio helpu Llew ro'dd Gwydion, a tasa hi 'di bod yn wraig dda, 'di bihafio'i hun, 'di 'i garu fo fel y dylia hi . . . ac o leia na'th Gwydion ddim 'i lladd hi . . .

Ond aed ymlaen â'r ymarfer heb dalu sylw i wyneb pwdlyd Gwen. Wrthi'n darllen y sgript ar lafar y maen nhw yn awr, pob plentyn â'i gopi ei hun. Tynnant at y terfyn. Mae Gwydion wrthi:

'Wna i ddim dy ladd di. Dwi am wneud rhywbeth gwaeth. Dwi am dy droi di'n aderyn. A 'nei di'm meiddio dangos dy wyneb yng ngolau dydd oherwydd bydd gan yr adar eraill i gyd dy ofn di. Ac mi fyddan nhw i gyd yn dy gasáu di, yn dy guro di, yn gas wrthot ti, lle bynnag yr ei di. A wnei di ddim colli dy enw. Cei dy alw am byth yn Flodeuwedd.'

'Mae'n taro Blodeuwedd efo'i hudlath, ac ma' hi'n troi'n dylluan,' medd Gruffydd, yn darllen y cyfarwyddiadau olaf ar goedd cyn cau ei sgript â gwên blês ar ei wyneb. Da iawn wir: darlleniad campus. Ond yn sydyn, mae'r plant yn dechrau cydadrodd:

'Tw-whit-tw-hw tw-whit-tw-hw
Fe ddaw dial, ar fy llw,
Ar Gwydion a'i wialen hud . . .'

Egyr Gruffydd ei sgript drachefn. Gwêl fod yna dudalen arall. Tudalen ychwanegol, ac arni dri phennill. Beth yn y byd . . .?

'Be 'di hyn, Myf . . . Miss Jones?'

Sylla Myfi'n ddiddeall arno. Nodia Gruffydd ar ei sgript.

'Y . . . penillion 'ma . . . Dwi 'rioed 'di gweld nhw o'r blaen.'

Distawa'r plant a rhythu ar eu prifathro'n bihafio'n od. Dechreua Gwen gnoi bywyn un o'i hewinedd.

'"Blodeuwedd y Dylluan"—dyna sut ma'r sioe'n gorffen,' medd Myfi'n rhesymol-dawel.

Ysgydwa Gruffydd ei ben uwchben y penillion dieithr.

'Naddo . . . 'rioed . . .'

'Ond . . . chi gyfieithodd nhw, Mr Gruffydd: *Too whit too who Too whit too who, Revenge shall come upon my soul . . .*'

Mae Gruffydd yn dal i rythu ar y tri phennill.

121

Medd Myfi'n fwyn: ''Swn *i* byth 'di medru sgwennu tri phennill mewn Cymraeg *a'u* hodli nhw! Fyddwch chi'n 'y nghyhuddo i o fedru *cynganeddu* nesa!'

Mae ambell blentyn yn giglan, yn falch o weld dryswch Mr Gruffydd.

Ond neidia Myfi i'r adwy gan roi chwerthiniad ysgafn: 'Mae o'n digwydd i fi'n amal—pan dwi 'di bod yn gweithio'n galed—pan dwi yn *swing* rhwbath: anghofio petha' dwi 'di 'neud, y meddwl 'di mynd yn blanc . . .'

Edrycha Gruffydd arni. Ydi, mae'n bosibl ei fod wedi anghofio. Ond nid gwag yw ei feddwl, ond llawn: llawn ohoni hi. Mor llawn nes gwthio pob dim arall o'r neilltu. Y mae hi wedi ei feddiannu, fel twymyn. Teimla Gruffydd fod baddon ei fywyd yn dechrau gorlenwi, yn mynd allan o reolaeth. Gŵyr mai mater o amser yw hi nes i'r dŵr sy'n tasgu dros yr ymyl ddechrau gollwng i'r parlwr islaw, lle mae Meri a Gwen yn eistedd yn ddifeddwl-ddrwg ar yr aelwyd, yn meddwl eu bod yn saff rhag y craciau yn y nenfwd, ddim yn clywed y dŵr yn rhoi mwy a mwy o bwysau ar y plastar, ddim yn barod ar gyfer y llifeiriant fydd yn disgyn am eu pennau fel argae'n torri, gan foddi eu haelwyd a chwalu eu bywydau . . .

Fyny Fry

*Ydw. Rydw i'n dal yma; yma o hyd. Yn gwylio Myfi,
yn ei phen hi, yn dduw hollbresennol sy'n gweld y
cyfan, sy'n gwybod lle mae'r darnau i gyd i ddisgyn.
Ond ni ddatgelaf. Fe ddaw'n glir, maes o law.
Datguddir y cyfan yn ei dro: y mae lle ac amser i
bopeth a phob peth ac amser yn ei le.*

*Ar ei phen ei hun y mae hi heno. Bu fel hyn am sawl
noson gan i'w charwr gilio draw, wedi ei ddychryn, ei
sigo gan y pall yn ei gof. Gŵyr ef fod chwalfa yn y
gwynt, ac y mae'n darnio'n ara deg. Deisyfa ddau
beth—dau fywyd, dau fyd. A chaiff o mohonynt. Rhaid
iddo ddewis: dewis rhwng blynyddoedd diddigwydd
saff gyda'i deulu neu orig lachar, gyffrous gyda Myfi.
Oni all gael y ddau? Na. Y mae'n rhy farus. Mewn
gwirionedd a heb yn wybod iddo, deisyfa dynnu Myfi
o'r dyffryn llachar uwchlaw i lawr i'w ddaear ef, i'w
mygu dan lwydni ei niwl, i'w throi'n Feri arall. Dyna
yw'n tynged ni i gyd—gadael y llethrau uchel, lle
mae'r awyr yn fain a'r byd yn glir a'r wybren yn
agored, er mwyn cloi ein hunain mewn beddau petryal
o dai mewn rhesi mewn pentrefi mewn trefi mewn
dinasoedd lle mae'r waliau'n cau i mewn bob dydd;
na, ni all y llygaid weld y waliau'n symud i mewn,
ond fodfedd wrth fodfedd, flwyddyn wrth flwyddyn.
mae'r waliau'n nesu, nesu, culhau, culhau, nes eu bod
yn feddau petryal, yn barod i'w rhoi dan lawr daear
ddu.*

*Saif Myfi yn ei chlogyn, yn ewyllysio'r lleuad i
ddangos ei hwyneb o'r tu ôl i'r cymylau. O dduwies*

*fwyn dda, clyw glwyfus un cla'. Ac fe ddaw, yn ufudd,
i ddisgleirio yn nefnydd gloyw ei chôt . . .*

Tw-whit-tw-hw!

*Try ei phen ac edrych i 'nghyfeiriad. Nid yw'n fy
ngweld. Ond mae'n fy nghlywed. Ac mae hi'n gwenu,
yn diolch am fy nghwmni fyny fry yn unigedd y nos. Yr
wyf i, fel hithau, yn gwrthod y bedd petryal. Ac yn
talu'r pris.*

26

Yn neuadd yr ysgol, mae'r llwyfan yn cael ei osod. Mae seiri a thrydanwyr lleol wrthi'n brysur, a Gruffydd yn eu goruchwylio. Ym mhen arall y neuadd, â Myfi a'r plant dros eu llinellau, gan drafod gwisgoedd, props a cholur. Uwch pennau gwalltog y plant, tafla Myfi ambell gipolwg draw at Gruffydd ond gwrthoda yntau gwrdd â'i llygaid. Canolbwyntia ar drefniadau'r goleuo a'r llwyfannu er mwyn cadw'i bellter. Rhaid iddo gadw'i bellter, neu fel arall . . . gŵyr yn rhy dda beth fydd yn digwydd fel arall.

Mae cynnwrf y plant yn heintus. Chwardda Myfi hefo nhw, yn fyrlymus-aflonydd, yr un mor argyhoeddedig â nhw mai hon fydd y sioe orau criocd. Mae'r plant yn gorwynt o gwestiynau: pryd mae'r gwisgoedd yn mynd i fod yn barod? Pryd cân nhw eu gwisgo? Pryd mae'r *dress rehearsal*?

''Drychwch!' Ceisia Myfi eu tawelu. 'Ma' Mrs Gruffydd yn g'neud 'i gora glas. Fyddan nhw'n barod toc, yn byddan, Gwen?'

Cwyd Gwen ei hysgwyddau'n ddi-hid. Hi yw'r unig blentyn sy'n edrych yn ddiflas. Egyr Myfi ei cheg i ddweud rhywbeth, i hudo Gwen i wenu ond mae bachgen yn tynnu yn ei llewys.

'Miss, miss——be amdana i?'

'Mm?'

'Gwydion. Fi 'di Gwydion. Be dwi'n mynd i'w wisgo?'

'Clogyn mawr du, hudlath yn dy law . . .'

Stopia Myfi'n sydyn, a chwerthin yn ddireidus.

'Arhoswch i gyd yn fan hyn. Fydda i ddim chwinciad . . .'

Ac i ffwrdd â hi. Gadawa'r neuadd. Edrycha'r plant ar ei gilydd yn ddryslyd. Be ma' Miss Jones yn 'i 'neud rŵan?

Rhedodd Myfi ar hyd y coridorau tywyll. Gwibiodd y waliau heibio iddi. Yna arafodd. Stopio wrth ddrws ystafell gyfarwydd. Gweld plac â chrac yn yr enw. Ifor Gruffydd.

Agorodd y drws ac estyn ei llaw fel crafanc i mewn i'r ystafell. Crafangodd ar hyd ochr fewnol y ddôr nes teimlo cotwm trwm dan ei bysedd. Tynnodd yn arw—plwc! A syrthiodd clogyn du am ei braich. Trodd i fynd. Ond oedodd. Edrychodd yn ôl i mewn i'r ystafell, ei llygaid yn hoelio ar wialen fedw ynghrog uwchben desg dderw. Brathodd ei gwefus yn fyfyriol ac yna camu i mewn i'r ystafell, nesu'n ara deg at y ddesg. Estyn am y wialen fain. Oedi. Llygaid yn syllu'n bell i ffwrdd. Yna, whish! Chwibanodd y fedwen drwy'r awyr wrth i Myfi ei chipio.

Yn y neuadd, mae'r plant yn mân siarad ymhlith ei gilydd, ar wahân i Gwen. Mae Mr Gruffydd yn rhoi mwy o orchmynion i'r seiri a'r trydanwyr ac mae'r rheini'n edrych wedi hen ddiflasu: pwy sy'n gwybod eu crefft, y nhw 'ta fo? Yna'n ddisymwth, distawa mân siarad y plant. Try Gruffydd i edrych arnynt a gwêl eu bod yn syllu i gyfeiriad y drws sy'n arwain i'r coridor. Dilyna Gruffydd eu hedrychiad.

Yno, mae Myfi. Y mae ei glogyn prifathro amdani a'i gansen yn ei llaw. Mewn llais dwfn gwaedda Myfi ar y plant: 'Fi 'di Gwydion, y dewin mawr cry', a dyma'n hudlath i!'

Chwifia'r wialen uwch ei phen, y clogyn yn siffrwd fel adain ddu dan ei braich, Rhytha pawb yn ansicr arni. Yna mae hi'n byrstio allan i chwerthin a daw gollyngdod i bawb—chwarae'n wirion mae hi, clownio. Ond nid oes gollyngdod i Gwen. Mae'n gwylio Miss Jones yn gwenu'n rhyfedd ar ei thad.

'Gobeithio bo' chi'm yn meindio, Mr Gruffydd. Ond ma' nhw mor berffaith ar gyfer Gwydion,' medd Myfi, ac mae Gruffydd yn nodio ac yn gwenu'n ôl. Stopiwch! Llais yn gweiddi ym mhen Gwen. Mae ei gwaed yn berwi. Mae hi isio i'r ddau stopio sbio fel'na, stopio gwenu ar ei gilydd, mae o'n g'neud iddi deimlo'n sic, yn ych-a-fi . . .

Fyny Fry

A gofiwch, ar gychwyn ein hediad, glwydo ar sil ffenestr Myfi, yn sbio arni'n dadwisgo? A gofiwch gyfaredd ei gwylio'n diosg ei dillad? A gawsoch siom pan gaeodd y llenni a hithau'n dal yn ei dillad isaf heb ddatgelu'r cyfan? A oeddech wedi'ch digoni â'r hyn na ddangoswyd; a oedd gadael y gweddill i'ch dychymyg yn ddigon?

Na. Nid oeddech wedi'ch digoni. Na'ch bodloni. Yr oeddech yn anghyflawn. Eisiau mwy. Yr oeddech am i Myfi dynnu'r dillad isaf, am iddi ddinoethi ei hun ger eich bron, am i'r chameleon ddangos ei groen ei hun. Gyd-hedwyr, ai'r cnawdol sy'n datgelu'r gwir? Ai dyna pryd y disgyn pob mwgwd, pryd y chwelir pob act? Ai'r pethau cyfrinachol hynny yr ydym i gyd yn eu gwneud neu'n meddwl eu gwneud neu'n gwrthod cyfaddef ein bod yn meddwl eu gwneud . . . ai dyna groen yr hunan wedi ei blicio i'w hanfod, wedi ei flingo i'r craidd, i'r byw?

Dewch. I glwydo eto heno ar sil ei ffenestr oherwydd y mae'r llenni ar agor yn llofft Myfi, a'r tro hwn ni fyddant yn cau. Y mae'r carwr wedi dychwelyd, fel claf at ei glefyd. Ac wrthi'n plicio'i chroen at y byw y mae Myfi, yn ei dynnu i mewn i'w throbwll, i'w hannwn ddofn, gylchog, droellog . . .

Diffodda Myfi'r golau sydd ar erchwyn y gwely. A sylwch. Nid yw'r darlun tadol yno; y mae ynghudd.

Diffodda'r lamp. Mae angen tywyllwch arni, i fedru mynegi. Mae ei phen ar y glustog, yntau ar ei phen, yn cusanu ei gwddf yn dyner, yn anwesu ei chorff ag anwyldeb. Ond nid oes cyffro yn ei gyffwrdd iddi. Nid yw'n ei chynhyrfu, ei gwylltu. Nid yw'n ei digoni. Mae Myfi am wthio'r ffiniau, am droi ei ddyffryn lliwgar ef yn ddyffryn o ddrychiolaethau sy'r un mor hudol â'r rhyfeddodau, ac yn fwy peryglus, yn fwy caethiwus.

Dan glog y nos, sibryda Myfi bethau yn ei glust na feiddiai ddangos eu hwyneb yng ngolau dydd. Llonydda yntau, yn methu credu ei glustiau, wedi ei daflu a'i darfu. Y mae ei sibrydion hi'n gwrs ac anllad. Ond wedi'r sioc, wedi'r gawod rewllyd yn ei faddon cynnes, y mae'n cynhyrfu. A pho frynta ei geiriau, mwya'r cyffro. Myn ei chorff fwy o arwedd ganddo ac mae yntau'n ufuddhau. Try ei dymuno'n fynnu barus. Mae am iddo'i chyfateb, ei hadleisio, mynd gam ymhellach, yn fryntach, arwach. Myn ei fod yn ei galw hi'n bob enw dan haul.

Yn sydyn, mae Gruffydd yn ei glywed ei hun, yn ei glywed ei hun yn ei galw hi'r pethau gwaethaf ar wyneb daear, yn rhegi'n anllad arni, ac fe'i llenwir â chywilydd ac edifeirwch. Hon yw ei dduwies. Gerbron allor ei chorff y mae'n addoli. Ac yma yn awr, wele ef yn ei difwyno a'i halogi. Nid yw'n iawn. Y mae o chwith. Yn brint negatif. Gwyrdroëdig.

Ymryddhâ Gruffydd oddi wrthi. Ni all barhau. Ond crafanga hi amdano, yn ei dynnu yn ôl i'r trobwll, yn mynnu ei fod yn plymio i'r gwaelod, myn myn, a'i wthio'n galetach, gasach nes ei bod hi'n rhy hwyr arno. Rhaid iddo gyrraedd y gwaelod, cael gwaredigaeth, ac fe ddaw, daw, yn glec ar ôl clec o gytseiniaid cras, yn atgasedd gorfoleddus, nes taro'r gwaelod o dan y troelli trofaus, nes taro'r gwely o dan y dŵr, y mwd mud y tu hwnt i'r stŵr.

Eisteddodd Gruffydd yn fud ar erchwyn y gwely.
Cododd a mynd at y ffenestr. Dôi awel aeafol i
mewn drwy'r ffrâm gan farugo'r chwys ar ei groen.

'Mi ei di'n ôl i 'Merica, mi wna inna ymddeol.
Fydd gin *ti* fywyd. Fydd gin *i* ddim.'

'Fydd gin ti Gwen.'

'Ond be amdana *i*? *Fi*?'

Ysgydwodd Gruffydd ei ben i sŵn cynfasau'n
symud y tu ôl iddo. Roedd Myfi wedi ymuno ag ef
yn y ffenestr. Roedd o'n syllu'n bell-i-ffwrdd, i'r nos.

'Be ti'n trio ddeud, Ifor?'

'Mi faswn i'n gada'l Meri . . .'

'Ifor . . .'

'Tasat ti'n deud . . .'

'Ma' teulu'n beth sanctaidd . . .'

'Sanctaidd?! Oni bai am Gwen . . . Pobol 'fath â
fi, mewn tre fach, aros efo'n gilydd am 'i fod o'n
haws, ddim isio i bobol siarad . . .'

'Ddim yn hunanol 'dach chi . . .'

'A be sy o'i le ar fod yn hunanol? Be sy mor
ddiawledig o ddrwg am fod isio bod yn hapus?'

Gafaelodd Gruffydd yn ei hysgwyddau.

'Dwi isio bod efo chdi. Dyna i gyd dwi isio, Myfi.'

'A dyna i gyd dwi isio. Ti.'

Cydiodd ynddi a chusanu ei hwyneb, ei haeliau,
ei thalcen, ei thrwyn. Disgynnodd deigryn o'i
lygad ar ei grudd, nes edrych fel un o'i dagrau hi.
Yr oedd eu dagrau'n un. Yr oeddent yn un yn eu
dagrau.

Y mae hi'n ddiwrnod cyn Noswyl Nadolig. Mae'r goleuadau i fyny yn y strydoedd a'r addurniadau llachar yn crogi mewn tŷ a siop a thafarn ac ysgol. Wrthi'n ymarfer y sioe am y tro olaf mae'r plant, yn y neuadd fawr. Y maent braidd yn siomedig nad yw eu gwisgoedd yn barod ac na chânt gyfle i ymarfer yn eu holl ogoniant. Ond fel arall, y maent wedi cynhyrfu'n lân.

Gwen sydd ar ganol y llwyfan ac mae ei thad islaw ar y llawr yn mynd â hi drwy'r symudiadau am y tro olaf. Drwy gydol yr ymarferiadau y mae Gwen wedi bod yn drofaus a phe na bai Gruffydd yn teimlo mor euog am yr hyn y mae'n ei wneud gyda Myfi, am yr hyn y mae am ei wneud i'w ferch, yna byddai wedi colli ei limpin yn llwyr â hi ymhell cyn hyn.

'Na, Gwen! I'r dde! Ddim i'r chwith!'

Ufuddha Gwen â gwg anfoddog.

Ym mhen arall y neuadd, mae Meri yn rhoi trefn ar y blodau fydd yn cael eu defnyddio nos yfory i greu Blodeuwedd. Wrth ei hymyl saif Myfi, yn gwrando arni.

'Dydan ni ddim wedi medru cael y rhai go iawn —w'chi—y rhai sy'n ca'l eu henwi yn y stori, wel, be gewch chi i flodeuo'n naturiol yn y gaea', 'ntê?'

Gwenodd Myfi: 'Ia.'

'Reit ddel, yn tydyn? A chwara' teg i'r siop. Wnaethon nhw 'mond codi hannar y pris pan ddudish i ar gyfar be oeddan nhw . . .'

'Wel—mae'n dymor ewyllys da, yn tydi?'

'Ydi'n tydi?' gwenodd Meri. Yna'n sydyn, cydiodd mewn tusw o lilïs gwynion a'u rhoi i Myfi. 'I chi. Am ddod â'r hen Ifor yn ôl. Sbïwch arno fo. Mae o fel dwi'n 'i gofio fo gynta . . . yn *llawn* egni . . .'

Edrychodd y ddwy ddynes ar Gruffydd.

'O'n i'n meddwl 'mod i 'di colli'r Ifor yna, unwaith ac am byth . . .' meddai Meri â'i llygaid yn llawn tynerwch.

Edrychodd Myfi i ffwrdd, cyn cerdded oddi wrth Meri a mynd tuag at y llwyfan. Edrycha i fyny ar y plant. Gwen sydd agosaf ati. Y mae hi'n mynd trwy ei golygfa fawr gyda Gwydion.

'Ro'n i'n hapus bryd hynny. Pan o'n i'n flodau yn yr haul. Fyddwn i ddim 'di brifo neb petait ti wedi gadael llonydd i mi . . .'

Daw llais arall i glyw Myfi, llais yn sibrwd y tu cefn iddi, fodfeddi o'i chlust: 'Bydd di'n ofalus: nad ti dy hun wyt ti'n 'i frifo, nad y diniwad fydd yn diodda' . . .'

Try Myfi a gweld Mrs Rowlands yn troi ei chefn arni. Rhytha ar y cefn pinc yn pellhau. Yna try yn ôl at y llwyfan. Mae Gwen yn syllu i lawr arni. Gwena Myfi'n betrus ond sylla Gwen yn oeraidd drwyddi wrth i'r Gwydion bach lefaru.

'Mi gest ti dy eni'n ddrwg. Dwyt ti'n 'sglyfaeth i neb ond i ti dy hun. Nid fy mai i yw dy ddrygioni di . . .'

Rhaid i Myfi ostwng ei llygaid i ddianc rhag llach edrychiad Gwen.

Ar ôl i'r ysgol gau, mae Gruffydd yn helpu

Gwen i groesi'r ffordd. Y mae ar frys, a'i feddwl yn bell, ac ni thâl fawr ddim sylw iddi. Edrycha'n frysiog i fyny ac i lawr y ffordd, i'r chwith ac i'r dde, i'r dde ac i'r chwith . . .

'Pryd byddwch chi adra heno, Dadi?'

'Fedra i'm deud.'

'Ma' hi'n 'nabod Mrs Rowlands.'

'Mm?'

'Miss Jones.'

'Y?'

'Glywish i nhw'n siarad.'

'Am be ti'n sôn?'

'Ma' hi'n *'nabod* Mrs Rowlands.'

'Wel, ydi, siŵr! 'Tydi hi yma ers wythnosa'!'

'Na. Ma' rhwbath mwy . . .'

''Na chdi—ffor' yn glir . . .'

'Nacdi!'

'*Gwen*!'

'Ddudodd Mrs Rowlands rwbath od wrthi.'

'Mrs Rowlands! Mae hi'n deud petha' od y rhan fwya o'r amsar. 'I cho' hi 'di mynd. 'Sdim isio cymryd sylw . . . Rŵan, dos!'

Gwthia Gruffydd y fechan oddi ar y palmant i'r ffordd. Croesa hithau'n araf—gan daflu golwg bwdlyd yn ôl. Ond mae'r tad wedi troi ei gefn ac yn camu drwy'r gatiau haearn yn ôl i'r ysgol. Cryna gwefusau Gwen. Mae hi hanner awydd aros yng nghanol y ffordd er mwyn i gar ganu ei gorn arni, er mwyn i'w thad droi yn ôl ac edrych wedi dychryn yn ofnadwy o'i gweld hi â'i bywyd mewn perygl. Ond clyw lais ei mam yn gweiddi arni o'r

133

tŷ i beidio â sefyllian yng nghanol y ffordd. Be sy matar arni, ydi hi isio ca'l ei lladd?

Yn y tŷ, mae ei mam yn gwenu'n blês arni: 'Dwi 'di 'i gorffen hi. Dy wisg di. Ty'd. I'w thrio hi.'

Does gan Gwen mo'r egni i wrthsefyll. Y mae hi wedi blino'n ofnadwy ar ôl ymarfer drwy'r dydd, ac mae hi'n ddiwedd p'nawn tywyll yn Rhagfyr, yn ddiwedd tymor, yn ddiwedd blwyddyn. Gedy i'w mam ei dadwisgo. Saif yn rhynnu yn ei fest a'i nicyrs gwyn o flaen y tân, yn groen gŵydd drosti.

Gafaela ei mam yn y wisg gan anwesu'r sidan gwyn: 'Mi gostiodd hon geiniog a dima'. Ond mi fynnodd 'y nhad a mam, chwara' teg 'ddyn nhw, 'mod i'n ca'l y ffrog briodas ora . . . Ma'n siŵr 'i bod hi'n werth cyflog mis i 'nhad druan . . .'

'I be 'nuthoch chi 'i thorri hi 'ta?'

'Mi fasan nhw 'di bod wrth 'u boddau—dy weld ti ynddi hi, ar y llwyfan, yn edrach yn ddigon o ryfeddod . . .' medd y fam yn friw, a gwrida Gwen. Nid yw'n licio brifo'i mam ond mae o mor hawdd. Mae hi bob amser yno, ddim 'run fath â'i thad. Am ennyd, dua'r ystafell i Gwen wrth i'r ffrog fynd dros ei phen. Mae'r defnydd yn oer ac esmwyth fel rhew. Cryna drwyddi. Rhydd ei breichiau yn y llewys a disgynna'r sidan gwyn yn gylch llawn o'i chylch. Y mae'n ffitio'n berffaith. Gwena ei mam yn falch ac estyn am y dorch o flodau fydd yn benwisg iddi. Rhydd y dorch am ei phen, yn goron.

'Ti'n dlysach na'r un dywysoges, Gwen.'

Fyny Fry

Dwylo'n clymu dwylo.

Dwylo mwy yn clymu dwylo llai.

Dwylo mawr yn clymu dwylo bach â defnydd gwyn.

Dwylo Gruffydd yn clymu dwylo Myfi â'i bronglwm gwyn.

Defod.

Dieiriau.

Ef yw'r arteithiwr a hi yw'r ysglyfaeth.

Ef yw'r treisiwr a hi yw'r un a dreisir.

Fe'i clywaf.

Fe'i gwelaf.

Fe'i hadwaen, gyd-hedwyr.

Hi sy'n deisyfu'r ddawns boenydiol: yr ias a'r ofn, y gêm beryglus hon, lle mae'r gwaed yn gwylltu yn y gwythiennau, y corff yn gymalau tyn o gynnwrf. Y chwarae. Yr actio. Y celwydd. Ac yn nefod dywyll y rhith, mae natur y gwir a gwir natur yn llechu'n ddieiriau fel cysgod oes cyn dyfod geiriau.

Mae Myfi'n troi ei chefn ato ac yn gorchymyn iddo i'w gwanu. Ufuddha yntau. Sylla ar ei noethni diamddiffyn. Pa mor bell y dylai fynd? Ym mhle mae'r ffin? A ddylai ei chroesi? Ond wedi ei gwaedd gynta, mae ei glustiau'n mynd yn fyddar heblaw am ruthr byddarol ei waed ei hun. Ymgolla yng ngwefr y brifo. Ac iddi hi hefyd, mae'r brifo, yr hollti, yn ei chyfannu. Mae rhwygo didrugaredd ei charwr-dreisiwr yn gwneud iddi deimlo'n un â hi ei hun, yn ei negyddu, yn ei phrintio'n wyn ar ddalen wag ei nos.

Fel tylluan wen.

29

'Edrach fel bo' chdi 'di methu, Roj,' meddai Ann, gan gymryd gwydryn gwag oddi ar Roger. 'Ma' hi'n gada'l fory, yn tydi?'

'*Bye bye Miss American Pie, put the levvy to the bevvy but the bevvy was dry, them good old boys were drinking whisky and rye, singing this will be the day that I die, this will be the day that I die . . .*'

'Iesu, Daf! Oes raid i chdi?'

'Ia! Rho daw arni!'

Wil ac Ann yn tynnu ar Daf. Roger yn dweud dim, dim ond syllu'n bŵl o'i flaen.

'Dwi 'rioed 'di medru anghofio'r blydi cân— Don McClean . . .'

'Ia ia, wel paid â'i dechra' hi eto . . . 'Run peth eto, Roj?'

'Na,' atebodd Roger, a throi.

'Ti'm yn mynd?'

Nodiodd.

'Ond dy rownd di ydi hi!'

'Gin i betha' i'w g'neud. Ac ella bo' chi i gyd yn rong . . .' meddai, gan adael cyn i'r triawd barus gael cyfle i bigo drwy friwsion ei eiriau.

'Be uffar' oedd o'n feddwl?'

'Rhwbath i 'neud efo'r actoras 'na. Dyna mae o *isio* i ni feddwl,' meddai Ann yn hanner tosturiol.

'Ella bod o . . .'

'Be?'

'Yn 'i thrin hi . . .'

Chwarddodd Ann ychydig yn rhy uchel: 'Nefi wen, nacdi!'

Ymddifrifolodd yn sydyn: 'Do'dd gynno fo ddim *car?*'

Edrychodd Daf a Wil ar ei gilydd. Gwylltiodd Ann.

'Mae o *wê* drosodd—copars ym mhob man 'radag yma o'r flwyddyn! Hy! Galw'ch hunain yn ffrindia' . . .' meddai hi gan ruthro am y drws.

Gwaeddodd Wil ar ei hôl: 'Iesu Grist, Ann! Be ti'n disgwyl i ni 'neud?'

'Mae o'n ddigon hen i edrach ar ôl 'i hun . . .'

'Yndi! Ddim plentyn ydi o!'

Ond roedd Ann wedi mynd. Ysgydwodd Wil ei ben a gweryrodd Daf fel hen geffyl blinedig.

'Be o'dd yn bod arni hi?'

'Jèlys, toedd?'

'Mm?'

'Fod Roger yn dangos diddordab mewn dynas arall . . .'

A chwarddodd y ddau i mewn i'w peintiau.

Y tu allan, yr oedd Ann mewn pryd i weld Roger yn sgrialu o'r maes parcio. Pendronodd. Fe ddylai ffonio'r heddlu—beth petai o'n lladd rhywun—plentyn? Gan ysgwyd ei phen, dychwelodd yn ôl i'r *Stag.*

30

Roedd y lamp fechan ynghynn. Gorweddai Myfi a Gruffydd ym mreichiau ei gilydd mewn tawelwch, heblaw am dician y cloc. Syllai'r ddau ar y nenfwd heb symud. Tic toc tic toc. Roedd eu hamser yn prinhau.

'Doeddat ti ddim isio mwy o blant?'

'Do'dd Meri ddim yn medru.'

Tic toc tic toc.

'O'dd hi'n wyrth . . . fod Gwen 'di dod . . . O'ddan ni 'di anobeithio . . .'

'Ro i blentyn i chdi.'

Trodd Gruffydd i edrych arni.

Roedd hi'n syllu'n ddwys i'w lygaid, ac meddai: 'Ar ôl Eirlys . . . ma' 'na wacter . . .'

Rhedodd deigryn i lawr ei grudd.

'Dwi isio dy blentyn di, Ifor . . .'

Cydiodd yntau ynddi'n dynn. Arhosodd y ddau felly am funudau maith, mud, y cloc yn tician drwy'r llofft fel calon fach yn curo. Tic toc. Tic toc.

O'r diwedd, cododd Gruffydd. Gwyliodd hithau ef fel petai'n ei wylio am y tro olaf ac yn serio pob manylyn ar ei cho': ei ysgwyddau sgwâr, ei gorff byr, cry' fel boncyff derwen, ei gnawd tywyll blewog, ei ben-ôl twt. Fel petai hi am drysori'r foment olaf hon. Wedi iddo orffen gwisgo, trodd yntau i edrych arni.

'Fedra i'm aros . . . ti'n dallt . . .'

Nodiodd hithau. Daeth ati, plygu drosti a rhoi cusan ar ei thalcen.

'Na! Dwi'n aros. Ffonia i Meri. Rŵan. Deud wrthi . . .'

Aeth am y drws fel dyn o'i go'.

'A' i i nôl 'y mhetha' fory . . . egluro'n iawn yn y bore . . . rhoi cyfla iddi ddod i arfar . . .'

'Paid â siarad yn hurt!'

Dŵr oer ei dwrdio'n ei ddychryn. Gwgodd, ar goll, ar chwâl, eisiau angor. Gwenodd hithau, yn fêl i gyd drachefn.

'Aros tan ar ôl y sioe. Meddylia am Gwen. Elli di'm gadael cyn 'i moment fawr hi. Mi fasa hynny'n *rhy* greulon . . .'

Nodiodd yntau, ei fflach wallgo' o ysbrydoliaeth yn diffodd yng ngwynt ci doethineb. Gwyrodd ei ben. Llaciodd ei ysgwyddau. Aeth Myfi ato a'i gofleidio'n gadarn, ei geirlau'n bwyllog ac ymarferol, hi'n awr yn brifathrawes, yntau'n hogyn bach.

'Gwranda arna i. Mae'n bwysig. Ein bod ni'n cadw'n penna' tan ar ôl y sioe. Ti'n dallt?'

Nodiodd.

'Dwyt ti ddim i ddeud dim byd wrth Meri heno. Dim. *Un* noson. Dyna i gyd sy raid i ni aros. Ar ôl y sioe, gei di ddod yn syth ata i os mai dyna wyt ti isio—os wyt ti'n dal i deimlo 'run fath nos fory . . .'

'Mi fydda i. Mi fydda i . . .'

'Byddi. Wn i . . .' meddai hi, a rhoi ei ben moel i nythu yn ei mynwes.

Fyny Fry

A ninnau'n fferru ar ein clwyd rynllyd ar sil y ffenestr,
dyna ddarlun hyfryd a welwn drwy'r gwydr: y nhw eu
dau, yn dynn am ei gilydd, dan lewyrch y llusern, yn
nyth clyd, ei ben ar ei bron yn foel fel pen baban, ac fel
baban, yn noeth—mor ddibynnol, mor ddiamddiffyn.

Ust! Mae sŵn. Allan yma. Islaw. Yn y llwyni a'r
brigau a'r brwyn. Mae rhywun yma, yn ymguddio.
Heb yn wybod i'r ddau yn lloches eu llofft, y mae
trydydd yn llechu dan glogyn y nos.

31

Y tu allan i'r bwthyn, hebryngodd Myfi Gruffydd at ei gar, ei thortsh yn goleuo'r ffordd.

'Wy'st ti be? Dwi'n teimlo bod 'y mywyd i'n ailgychwyn,' meddai ef, a gwenodd Myfi'n gaboledig. 'Nos fory 'ta . . . ar ôl y sioe?'

Nodiodd hithau, a'i wylio'n camu i'r car. Ac unwaith i sŵn yr injan gychwyn, dechreuodd ei gwefusau symud fel petai hi'n llafarganu neu'n gweddïo'n dawel bach. Wrth i'r car gilio a'i sŵn ddistewi i ddim, hedai ei geiriau ar yr awel fain: *Sili sosej, lembo dwl, hogyn drwg . . .*

Yn sydyn, stopiodd. Sŵn. Y tu ôl iddi. Fflachiodd ei golau at y sŵn. Pâr o lygaid yn fflachio'n ôl.

'Miaw.'

Chwarddodd Myfi. Rhyddhad. Dim ond y gath.

'Dychryn fi fel'na!' Gwenodd, a mynd ati. Cyrcydodd, a mwytho'r ffwr du.

Yna, drwy gornel ei llygad, ar gwr cylch y golau, gwelodd esgid. Neidiodd ar ei thraed a fflachio'i thortsh i gyfeiriad yr esgid: Roger. Yn wincio'n ddall yn y golau, yn codi ei law at ei aeliau, yn trio gweld.

'Be ddiawl w't *ti*'n 'neud yma?' gwaeddodd Myfi.

Ysgydwodd ei ben. Roedd hi mor gynddeiriog fel na allai ddweud dim am ennyd. Sylwodd ar botel wisgi yn ei law.

'Dos adra,' meddai hi'n ddirmygus, a throi am y tŷ.

'Sili sosej, lembo dwl, hogyn drwg,' meddai Roger, a'i eiriau'n toddi'n feddw i'w gilydd: '*Glywish* i . . .'

'Jyst dos adra . . .'

'Glywish i . . . a gweld . . .'

'Glywist ti ddim! Welist ti ddim! W't ti'n dallt? Rŵan dos adra, y blydi *peeping Tom*!'

Trodd Myfi, ac wrth iddi droi, crafangodd Roger ar ei hôl. Cydiodd yn ei braich a'i gwthio yn erbyn y wal. Ceisiodd ei chusanu. Ond roedd hi'n rhy gyflym iddo. Llithrodd fel llysywen o'i afael trwsgwl. 'Paid â bod mor *pathetic*, 'nei di,' meddai, a brasgamu i'r bwthyn. Caeodd y drws yn glep ar ei hôl.

Safodd Roger yn y tywyllwch, yn siglo'n hanner dall, yn tagu gwddf ei botel â'i afael tyn. Baglodd ar hyd godre'r waliau gwyngalch.

Yn y tŷ, i fyny'r grisiau, clodd Myfi ddrws ei llofft y tu ôl iddi. Diffoddodd y lamp a rhedeg at y ffenestr, a'i chalon yn curo'n gyflym gyflymach, gyflym, gyflymach. Edrychodd allan, ac i lawr. Ble'r oedd o? Y trydydd? Craffodd. Symudiad. Dan y bargod . . .

Dan ei bargod, syllai Roger i fyny'n hiraethus, fel bardd canoloesol neu dywysog yn chwilio'r gwydr tywyll am ei dywysoges yn ei thŵr. Ac fe'i gwelodd. Drwy'r tywyllwch. Yn syllu i lawr arno. Yn ei wrthod, ei ddirmygu, ei wawdio . . . Yn sydyn, cododd ei fraich a thaflu'r botel at ei ffenestr. Camodd hithau yn ôl, ond methodd ei waywffon. Ni chwalwyd ei gwydr hi. Yn hytrach,

142

tarodd y botel y wal wyngalchog a glawiodd y gwydr i'r llawr wrth ei draed. Gwyrodd ei ben, cyn edrych unwaith eto i fyny fry. Ond doedd neb yno. Yr oedd Myfi, fel rhith, wedi diflannu, a ffrâm ei ffenestr yn wag. Trodd Roger a baglu i'r nos, a'i lefain yn diasbedain yn ddolurus ar ei ôl.

32

Mae Gwen fach yn chwys domen yn ei gwely, a'i gŵn nos gwyn yn glynu'n annifyr ynddi. Tyn ei mam thermomedr o'i cheg ac ysgwyd ei phen.

'Dim gwres. Ma'n siŵr mai poeni w't ti—am nos fory. Ddylet ti ddim, Gwen. Mi fydd pob dim yn iawn . . .'

Gwena'r fam yn dyner ar ei merch, a rhoi'r dillad drosti'n glyd.

'Ma' hi *yn* gada'l, yn tydi? Miss Jones?'

'Wn i'm pryd yn union . . . mi 'na i weld 'i cholli hi . . .'

''Na i ddim!'

'Dydi hynna ddim yn beth neis iawn i'w ddeud, Gwen.'

'Dydw i ddim yn 'i licio hi!'

'Stopia!'

'Casáu hi!'

'Dyna ddigon! Sut medri di? Ar ôl popath ma' hi 'di 'neud. Reit! Gola' ffwr'. Dim gwrachod i *chdi* heno.'

Diffodda'r fam y golau a gadael y llofft. Sylla Gwen ar y waliau. Ma' nhw'n symud, yn nesu, yn cau i mewn arni, a'r lluniau, ma'r lluniau ar y waliau, y tylluanod â'u llygid mawr, ma' nhw'n syllu arni, ac un, ma' un, yn wincio . . . Caea Gwen ei llygaid yn dynn, dynn, yn trio llenwi ei phen efo cartŵns lliwgar llachar y teledu, er mwyn hel y pethau cas i ffwrdd.

Fyny Fry

Ond nid yw bob amser yn hawdd, hel y pethau cas i ffwrdd. Eu diffodd fel diffodd fflam. Na, nid yw bob amser yn hawdd dianc rhag y meddyliau tywyll.

Wrthi'n gorwedd ei hun y mae Myfi, y darlun wrth ymyl ei gwely wedi ei orseddu yn ôl yn ei le. Ond nis gwêl. Wêl hi ddim, na chlywed dim, oddieithr eco mewn ogof, eco rhyw ddoe ymhell bell yn ôl, yn dod yn nes, yn nes, yn nes. Na, ni all Myfi ddianc rhag y meddyliau tywyll.

Gyd-hedwyr, y mae'n amser newid trac unwaith eto, a phlymio drwy ei llygaid i gilfachau ei chof, hedeg a hedeg nes glanio, clwydo mewn man a lle a ddylai ganu cloch . . .

Amser cinio, yn yr ysgol, ac mae'r neuadd â'i nenfwd uchel dan ei sang. Mae'r plant o gwmpas eu byrddau bwyd, yn bwyta, yn yfed, yn cega, yn chwerthin, yn chwarae efo'u cyllyll a'u ffyrc. Mae'r sŵn yn fyddarol.

Ar un bwrdd mae merch benfelen saith oed. Mae bachgen yr un oed gyferbyn â hi, yn tynnu arni. Mae hi'n cega'n ôl.

'Eirlys Gwyn—gwdi-gwdi! Eirlys Gwyn—gwdi-gwdi!'

'Cau dy geg, Roger Preis!'

'Yyy. Sut ti'n mynd i 'neud i mi?'

'Gei di weld!'

'Dy fam di 'di mynd off efo dyn arall . . .'

'Nacdi ddim!'

'Dy rieni di'n mynd i ga'l difôrs . . .'

'Nacdyn ddim!'

'*Mam Eirlys Gwyn—dda i ddim! Mam Eirlys Gwyn —dda i ddim!*'

Mae'r ferch yn ffrwydro. Gafaela yn Roger Preis a'i wthio'n ffyrnig. Mae yntau'n gafael yn ei gwallt. Mae'r ddau'n ymladd. Yn sydyn, mae'r jŵg laeth ar y bwrdd yn syrthio. Crash! Llaeth yn llifo ar y llawr. Jŵg blastic yn bowndio i ffwrdd: bwm bwm bwm bwm.

Llonydda'r ddau blentyn. Syllant ar y llanast ar lawr. Ar y llaeth yn nadreddu'n wyn ar y pren tywyll. Edrychant yn ofnus tua'r drws. Diolch byth, does neb yno.

Glania dynes binc ganol-oed o rywle—y ddynes ginio glên.

'*Sori, Mrs Rowlands,*' *medd Eirlys wrthi, yn ymddiheuro, yn trio dileu'r drwg.*

'*Cerwch! Cerwch allan i chwara*'! *Mi gliria i ar ych hola' chi—cerwch!*'

Try Eirlys, a gadael y neuadd drwy'r drws cefn sy'n agor i'r iard chwarae. Ond erys Roger a chwerthin yn ddi-hid.

'*Dwi am orffan 'y nghinio gynta.*'

Ac eistedda wrth y bwrdd, yn sgwario'i ysgwyddau'n fuddugoliaethus. Ysgydwa Mrs Rowlands ei phen â hanner gwên: hogia!

Allan ar yr iard, ymgolla Eirlys yn y chwarae. Nid yw am feddwl am y jŵg sydd wedi disgyn. Bydd Mrs Rowlands wedi clirio'r llanast cyn i neb ffeindio allan. Fydd 'na ddim trwbwl . . .

A dyna lle y mae hi. Eirlys. Ar yr iard, yn hapus braf ymhlith ei ffrindiau. Ac uwch ei phen mae'r haul yn gwenu a'r cymylau gwyn yn hwylio'n foldew ar hyd

146

awyr las, ac yn ei chlustiau mae sŵn chwerthin fel clychau hapus hapus ac mae hi wrth ei bodd ym myd hud yr iard chwarae.

Ond daw cysgod rhyngddi hi a'r haul. Plentyn o safon pedwar. Â neges iddi. Peidia'r clychau. Llonydda'r awel. Saif y cymylau. Sylla ei ffrindiau. Mae llen oer wedi disgyn dros yr iard.

'Dilyn fi,' medd y plentyn. Llynca Eirlys, ond mae ei cheg yn sych. Yn ddi-boer. A'i choesau'n crynu fel jeli. Tap tap tap. Ei thraed. Yn dilyn y negesydd. Tap tap tap. Ar hyd coridor mud o blant. Tap tap tap. Oll yn syllu. Tap tap tap. Daw at ddrws y neuadd. Trwbwl, medd llais bach ofnus yn ei phen—trwbwl trwbwl trwbwl.

Cama dros y trothwy. I'r neuadd â'i nenfwd uchel. Y mae'n orlawn o blant. Ond nid oes smic i'w glywed. Eisteddant oll o gylch eu byrddau cinio, yn fud, yn llonydd, yn syllu. Neidia calon Eirlys i'w gwddf. Yno, ym mhen draw'r neuadd y mae ef: ei hunllef waethaf, ei harswyd heithaf. Ef. Yn ei glogyn duaf.

Tap tap tap. Gwialen fedw. Mae ganddo wialen fedw. Na na na na gwaedda'r llais yn ei phen. Tap tap tap. Mae'r dyn yn taro'r wialen yn rhythmig ar gledr ei law. Nesâ Eirlys heb edrych i fyny. Ceidw ei llygaid ar y llawr. Gwêl jŵg wedi disgyn, llaeth wedi tywallt, a bachgen yr un oed â hi, â'i ben yn grwm.

'Deud o'n uwch, Roger. I bawb gael clywed. Be wyt ti?'

'Sili sosej, lembo dwl, hogyn drwg . . .'

'Uwch!'

'Sili sosej, lembo dwl, hogyn drwg . . .'

147

Nid yw'r dyn ar unrhyw frys i gydnabod Eirlys.
Nodia'n blês ar Roger, gan gymeradwyo'i adroddiad â
churiadau'r wialen ar gledr ei law. O'r diwedd, mae'n
troi at Eirlys ac yn gwenu'n glên.

'Eirlys Gwyn. Wel wel. A chitha'n ferch mor dda.'
Fel mêl. Ei lais. Yn diferu'n drwch. Yna'n sydyn,
mae o'n gweiddi'n siarp: ''Dach chi'n gwbod be 'di'n
rheol aur i. Am lendid a thaclusrwydd y neuadd! Ydi
o'n wir? Mai chi dywalltodd y llaeth?'

'Damwain o'dd hi . . . o'dd Roger yn galw enwau
. . .'

'Dwi'm isio clywed! Plygwch drosodd! Y ddau ohonach
chi!'

Ufuddha Roger ar unwaith. Ond sylla Eirlys. Wedi
drysu. Yn methu â chredu ei chlustiau. Ysgydwa ei
phen, ddim yn dallt. Damwain oedd hi . . . Wrth ei
gweld yn ysgwyd ei phen, ffrwydra'r dyn, nes bod ei
dalcen yn wyn o dan ei wallt tenau. Gafaela yn ei
braich yn arw a'i gorfodi i blygu dros fwrdd.

'Rhag ych c'wilydd chi—anufuddhau! Pwy 'dach
chi'n feddwl ydach chi?'

Mae boch Eirlys ar y bwrdd. O ongl hurt, o-chwith,
gwêl wynebau plant yn rhythu.

'Peidiwch â symud, 'merch i. Mi ddo' i atach chi ar
ôl i mi orffan efo Roger!'

Try'r dyn at Roger, a'i blygu yntau drosodd. Tyn ei
drowsus at ei bengliniau. Dechreua Roger igian crio.
Ni all Eirlys weld. Ond gall glywed. Hisian y fedw
drwy'r awyr. Chwip ar gnawd. Gwichian Roger. Ei
feichio crio. Sylla Eirlys yn syth o'i blaen, y byd â'i
ben i lawr.

Peidia'r grasfa. Synhwyra Eirlys fod y dyn y tu ôl iddi'n troi i'w chyfeiriad hi. Clyw ei anadlu cyflym. A hithau'n plygu dros y bwrdd, ei breichiau bach yn estyn allan, yn cydio yn yr ochrau, ei dyrnau'n wyn, yn ymbaratoi am yr hyn na all hi gredu sy'n digwydd iddi, hi, sy bob amser yn trio bod yn dda, yn ufudd, sy 'rioed 'di cael y gansen yn 'i byw. 'Di merched ddim yn cael y gansen, ddim merched bach da, ddim o flaen pawb . . .

Teimla ei law yn codi ei sgert at ei chanol. Mae ei bochau'n fflamio. Plîs ddim tynnu ei nicyrs, plîs ddim hynny, plîs . . . Ni all hi edrych ar neb, nid yw am weld neb, felly hoelia'i sylw ar y jŵg, y llaeth, y llaeth gwyn sy'n llanast ar lawr, y llaeth gwyn gwyn gwyn . . .

Nid yw'r dyn yn tynnu ei nicyrs hi. Diolch byth. Diolch byth. Cwyd ei wialen i'r awyr a'i dal hi yno am ennyd lem, ddisgwylgar. Yna, plymia. Nid yw hi'n crio. Sylla ar y llaeth. Mae'r chwipio'n mynd yn arwach. Nid yw'n crio. Mae'r dyn yn gwylltio: rhaid ei thorri, torri ei chrib, ei hyfdra, ei hanufudd-dod. Ei thorri.

Yn nrws mewnol y neuadd, glania'r ddynes binc. Ni all gredu ei llygaid. Y mae'r dyn yn y du wedi colli arno'i hun. Y mae'n chwipio a chwipio a chwipio, yn wyllt, wyllt. Ond nid oes smic gan y fechan grom dan ei ddwylo, dim siw na miw. Dim. Mae ambell blentyn yn edrych i ffwrdd, yn cochi, yn teimlo'n sâl, eisiau mynd oddi yno, ambell un yn chwerthin yn nerfus, pesychu. Cama'r ddynes binc at y gurfa.

'Mr Gruffydd!' medd hi.

Wrth glywed llais, mae Gruffydd yn peidio. Mae'n crychu ei aeliau, yn edrych wedi drysu, fel petai'n deffro o swyn, o dwymyn. Ymsytha, a hed cysgod ar draws ei wyneb.

'Saf i fyny!' medd wrth Eirlys.

A'i phen yn troi, mae hi'n ufuddhau, yn siglo fel brwynen.

'Gei di fynd, Roger.'

Rhed Roger oddi yno, yn beichio crio. Try Gruffydd at Eirlys. Gwêl ei llygaid sych. Dim arlliw o ddim ar ei hwyneb. Mwgwd gwelw. A meddylia—am ferch galed, am ferch wydn.

'Gei di, Eirlys, glirio'r llanast ti wedi ei wneud. Rŵan! Ar dy linia'!'

Ufuddha hi. Penlinio ger ei fron.

'Clwtyn, Mrs Rowlands.'

Estynna Mrs Rowlands glwtyn i Gruffydd. Teifl yntau'r clwtyn at Eirlys. A dechreua Eirlys sychu'r llaeth ar y llawr.

Saif Gruffydd uwch ei phen: 'Ac os oes 'na'r tropyn lleia ar ôl . . .'

Croga'r bygythiad uwch ei phen fel aderyn ysglyfaethus. Nid yw hi'n edrych i fyny. Sylla yn hytrach ar wynder y llaeth, a gweld ei dwylo'n crynu am y tro cyntaf yn ei byw. Tap. Tap. Tap. Clyw draed y dyn yn cerdded oddi yno, yn araf a phwyllog. Clyw siffrwd ei glogyn du.

Yn betrus, daw sŵn yn ôl i'r neuadd. Mae'r rhew yn dadmer. Sibrydion i gychwyn, yn chwyddo'n raddol nes troi'n reiat byddarol. A daw'r ddynes binc at Eirlys. Penlinia yn ei hymyl. Gwêl ddwylo bach yn crynu, a chyffyrdda ynddynt yn dyner.

Cymer y clwtyn oddi ar Eirlys, a dweud yn addfwyn, 'Dos di—mi orffenna i . . .'

A sylla Eirlys arni. A dyna pryd y daw deigryn i'w llygad. Dyna pryd mae'r mwgwd gwelw'n dangos crac: yng nghyffyrddiad caredigrwydd.

Cwyd Eirlys ar ei thraed. Gwêl fôr o wynebau. Yn syllu. Eu cegau'n agor a chau, agor a chau, fel pysgod aur, a lleinw'r trwst aflafar ei chlustiau. Dechreua gerdded. Am y drws. Yn dal ei gwynt. Yn dal ei dagrau yn ôl. Fel na allant weld ei chrio. Fel na allant weld. Ond mae'r masg yn dechrau llithro, ac yn sydyn, dechreua redeg. Rhedeg a rhedeg a rhedeg at y drws sy'n arwain i'r coridor.

Gwibia'r coridor heibio iddi. Daw at ddrws. Y tŷ bach. Fe'i gwthia ar agor. Rhed i'r blwch agosaf, cau'r drws yn glep, a'i gloi. Ac yno, yn yr hafan unig, y chwâl y mwgwd. Wyla'n hidl. Ac yn y blwch petryal hwnnw y tyr ei chalon.

A ni, gyd-hedwyr, a ddown yn ôl i'r trac presennol, i'r prif hediad. A phwy sydd yn wylo'n hidl ar glustog oer ei gwely?

Myfi.

Mae Myfi'n wylo.

Eisteddodd Ifor Gruffydd i fyny yn ei wely. Roedd pob man yn ddu. Yn ddu bitsh. Ble'r oedd o? Beth oedd yn digwydd? Curai ei galon yn ffyrnig. Ond daeth ato'i hun. Arafodd ei anadlu a chofiodd lle'r oedd. Doedd dim wedi digwydd. Ddim eto. Ddim tan nos yfory. Ochneidiodd yn ddwfn. Deffrôdd ei wraig.

'Be sy?'

Ysgydwodd Gruffydd ei ben: 'Methu cysgu.'

'Tria ymlacio, Ifor . . . mi eith pob dim yn iawn.'

Ochneidiodd yntau, ac aeth hi'n ei blaen: 'Dwi'n gwbod nad ydi o'n hawdd—ffarwelio efo'r ysgol . . .'

'Dwi'n mynd i'r toilet!' meddai yntau'n sydyn, gan godi ac ymbalfalu am ddolen y drws.

Daw allan o'r llofft. A dychryn. Yno, o'i flaen, mae Gwen. Yn ei gŵn nos gwyn, saif fel ysbryd, yn syllu trwyddo. Ar ôl y sioc, sadia Gruffydd: wedi codi yn ei chwsg y mae hi. A chyda'r tynerwch tyneraf, cyffyrdda ynddi a'i hel i'w freichiau a'i chario yn ôl i'w gwely. Fe'i rhydd i orwedd o dan y cwrlid, a sylla yn ddwys ar ei hwyneb tlws.

Sibryda'n drist: 'Rhyw ddydd, ella g'nei di fadda' i mi.'

A thry ei gefn arni, a throedio o'r ystafell. Ni wêl lygaid tylluan ar y wal yn ei ddilyn bob cam o'r ffordd.

A daeth y diwrnod mawr. Noswyl Nadolig. Diwrnod y sioe.

Daeth Gruffydd i nôl Myfi ganol y prynhawn. Ni ddywedodd yr un ohonynt fawr o ddim wrth ei gilydd. Beth oedd i'w ddweud? Yr oedd pob dim wedi ei ddweud a'i gynllunio. Dim ond gweithredu'r cynllun oedd ar ôl yn awr.

Gyrrai Gruffydd yn hamddenol i lawr am y Llan, ei gar yn seinio â chaneuon yr Ŵyl.

. . . *Cwsg cyn daw Herod â'i gledd ar ei glun,*
Cwsg, fe gei ddigon o fod ar ddihun,
Cwsg cyn daw'r groes i'th ran,
Cwsg, cwsg f'anwylyd bach,
Cwsg nes daw'r bore iach,
Cw-wsg, cw-wsg, cw-w-wsg . . .

atseiniodd Myfi. Ac yn swyn yr hwiangerdd i Grist, ni sylwodd hi, mwy na Gruffydd, ar Roger yn dod allan o'r *Stag*, yn syllu ar eu holau, yn gwylio'r car yn parcio gyferbyn â'r ysgol, yn gwneud yn siŵr fod y ddau ohonynt wedi mynd trwy'r gatiau, cyn iddo droi a mynd at ei gar ei hun a golwg benderfynol ar ei wyneb. Na. Ni sylwodd Myfi ar Roger yn gyrru i'r union gyfeiriad yr oedd hi a Gruffydd newydd ddod ohono.

Nid oedd ofn ar Roger wrth drio drws y bwthyn gwyngalch. Gwyddai ei fod yn hollol saff. Nid amheuai chwaith ei fod yn gwneud y peth iawn. Mater o reidrwydd. Ers neithiwr. Ers iddo'i chlywed yn sibrwd y geiriau rheini yng nghefn Gruffydd. Hyd yn oed y tro cynta hwnnw, yn y *Stag*, pan oedd o'n ei chyf-weld hi, roedd o wedi ei gweld hi'n debyg i rywun. Ond wnaeth o ddim meddwl ymhellach na hynny. Ddim tan neithiwr. Pan glywodd ei geiriau. Rhaid bod rhywbeth yn y bwthyn fyddai'n ateb y dirgelwch, rhyw gliw, darn o dystiolaeth fel darn ola jig-so, yn rhoi enw ar yr wyneb.

Trawodd garreg yn gadarn yn erbyn ffenestr y parlwr a chwalodd y gwydr. Gyda gofal, gwthiodd Roger y darnau miniog oedd ar ôl yn y ffrâm cyn gwasgu drwy'r twll. Edrychodd yn frysiog o gwmpas y parlwr: prosesydd geiriau, sgript, papur, ambell lyfr. Dim byd anghyffredin. Dim cliws.

Aeth i fyny'r grisiau'n frysiog. Ei llofft: os oedd ganddi rywbeth i'w guddio, yn ei llofft y byddai, ei hystafell wely, ei man mwya preifat. Nesaodd at y llofft. Oedi. Gwthio'r drws. Ar glo. Camu'n ôl, ac yna hyrddio'n nerthol. Chwalodd y clo, ac agorodd y drws. Gwibiodd ei lygaid yn herciog ar hyd a lled yr ystafell cyn stopio'n syn, a hoelio ar ddarlun ar erchwyn y gwely. Yn ara deg, trodd Roger ei gefn ar y llofft. Ni fyddai'n rhaid iddo gamu i mewn, i chwilio ymhellach. Yr oedd y dernyn ola wedi disgyn i'w le: adwaenai'r dyn yn y llun. Adwaenai Myfi.

Yn y cyfamser, yn yr ysgol, mae'r plant wedi bod fel pethau gwyllt, yn methu aros yn llonydd. Rhwng y sioe a'r ffaith fod Santa'n dod heno, ni wyddant beth i'w wneud â'u hegni. Ond erbyn diwedd y dydd y maent wedi ymlâdd, ac yn fwy na balch o gael esgus i eistedd yn dawel. Ac yn y neuadd, yn gylch o gwmpas Myfi, ymlonyddant wrth wrando ar ei chyngor ynglŷn â heno. Peidio panicio sy'n bwysig—cadw'u pennau, medd hi. Os ydynt yn anghofio llinell neu'n cael eu llethu gan ofn—peidio panicio, cymryd anadl ddofn, ymddiried ynddynt eu hunain, gadael i'w hegni eu cario i ben draw'r daith.

'Oherwydd mae rhyw nerth rhyfedd y tu mewn i ni i gyd. Unwaith i ni benderfynu. Os 'dan ni wirioneddol, gant y cant, efo'n calon a'n henaid isio rhywbeth—mi gawn ni o. Mi gawn ni o.'

Ac mae hi'n addo nad oes y fath brofiad yn y byd â'r profiad o fod wedi llwyddo i wneud rhywbeth creadigol. Y mae'n hudolus, yn gyfareddol, fel cau rhyw gylch cyfrin. Ac yna am ennyd, mae Myfi'n ymdawelu, yn edrych yn bell i ffwrdd, a rhed ias drwy Gwen fach. Y mae rhywbeth o'i le. Ond wŷr hi ddim beth. Teimlad ydyw ym mêr ei hesgyrn. Teimlad drwg.

Cwyd Myfi a gadael y plant. Croesa draw at Gruffydd sy'n helpu'r gofalwr i osod cadeiriau yn rhesi cymesur.

'Fydda fo'n iawn i mi biciad allan am 'chydig, Mr Gruffydd?' medd hi.

Nodia yntau.

'Isio dipyn bach o awyr iach—cyn iddi dywyllu . . . er mwyn i mi gadw'n effro heno!'

Gwena'n ddiniwed ar Gruffydd ac ni all yntau lai na gwrido.

'Wela i chi yn y munud . . .'

A thrwy'r drws cefn sy'n agor i'r iard, gedy Myfi'r neuadd.

Tap tap tap. Traed ar goncrid. Tap tap tap. Yn croesi'r iard wag. Côt ddu loyw'n glogyn. Tap tap tap. Cerddediad cefnsyth at gatiau haearn. Tap. Drwy fariau tywyll. I Stryd Heulog.

Ymhellach i lawr y stryd, agorodd drws car a chamodd Roger ohono. Edrychodd ar gefn Myfi'n pellhau. Yn wyliadwrus a chan gadw'i bellter, dechreuodd Roger ei dilyn.

Yn y fynwent yr oedd Myfi. Yn crwydro ymhlith y cerrig beddau. Cyrcydodd yn ymyl un bedd a chydio mewn ffiol llawn blodau gwywedig. Taflodd y blodau marw a'u cyfnewid am rai byw oedd ganddi mewn bag o dan ei chôt. Rhwng y beddfeini, roedd hi'n ffigwr du yn erbyn wybren llwydbinc, feichiog gan eira, â'i ffiol yn llawn o lilis gwynion. Yn y man, arafodd ei chamau, ac arhosodd yn ymyl un bedd. Gostyngodd ei llygaid.

Y Parchg Dafydd Gwyn Hughes
1929-1969
Yn angof ni chaiff fod.

Cyrcydodd, a gosod y blodau ar y bedd. Syrthiodd deigryn ar ei grudd. Arhosodd felly am hir, yn syllu ar y bedd.

'Eirlys Gwyn,' meddai llais y tu ôl iddi.

Trodd, ac wrth droi, trawodd y ffiol. Ac wrth daro'r ffiol, tywalltodd y blodau dros y bedd a nadreddodd y dŵr dros y graean mân a syllodd hi ar y llanast—gwynder, dŵr . . .

'Wel wel. Merch y gw'nidog. Un ohonon ni . . .'

'Na!'

Cododd ar ei thraed, a'i llygaid yn fflamio.

'Dydw i ddim yn un ohonach chi!'

'Wyt, mi wyt ti. Dyma lle cest ti dy fagu . . .'

'O'dd hynny'n bell yn ôl . . .'

'Ond ti'n dal i berthyn . . .'

'Nacdw! Dydw i ddim yn perthyn!'

Lledodd gwên ar wyneb Roger.

'O'n i'n gwbod fod 'na *rwbath*. Pam bo' ti'n cuddiad pwy w't ti?'

'Gin i'n rhesyma'.'

'O? 'Fath â be?'

'Dwi . . . isio iddo fo . . . fod yn sypreis.'

Culhaodd llygaid Roger yn ddrwgdybus.

Ceisiodd Myfi wenu, ond am y tro cyntaf, gwelodd Roger ansicrwydd ynddi, ac meddai hi: 'Dwi'n mynd i ddeud. Heno. Ar ôl y sioe. Dyna'r plan.'

'Ond pam? I be?'

'Wel . . . mi fasa 'na ffys 'di bod . . . 'swn i'm 'di ca'l llonydd, i 'neud 'y ngwaith . . . Pobol isio siarad am y gorffennol a ballu . . . am Mam a Dad . . .'

'Ia. 'Na chdi. Dwi'n cofio dy dad yn marw. Chditha'n mynd . . . Lle est ti?'

'Taid a Nain. Sir Gaernarfon.'

Fedrai Roger ddim tynnu ei lygaid oddi arni. Ysgydwodd ei ben, yn rhyfeddu.

'Anhygoel! Ti'm yn edrach ddim byd tebyg.'

'Nag ydw, gobeithio!'

'O'dd gin ti wallt melyn . . .'

'Mae o 'di tywyllu.'

'A dy wyneb di . . .'

'Dwi'n actoras yn tydw? Yng Nghalifffornia. Pawb *into plastic surgery* . . .'

'Siŵr bo' 'na dros bum mlynadd ar hugian. Saff i chdi. 'Dan ni 'run oed yn tydan, gad i mi feddwl . . .'

'Roger. *Plîs*. Paid â deud . . .' Roedd hi'n ymbil: 'Jyst tan fory? Gei di gyfweliad *exclusive* gin i wedyn. *Plîs*. Jyst yr un ffafr yma . . .'

Ceisiodd Myfi wenu'n ysgafn, ond roedd Roger wedi sylweddoli mai ganddo ef roedd y llaw ucha.

'Be sy ynddo fo i mi?'

Ysgydwodd hi ei phen.

Ymchwyddodd yntau'n hyderus. 'Gawn ni weld, ia? Ella, tasat ti 'di bod yn fwy *clên* . . .'

'Ond dyna pam! Ti'm yn gweld? 'Swn i 'di licio dod yn nes atat ti. Wir! Ond o'n i'n gwbod y bysat ti'n gweld drwydda fi. O'n i'm yn medru risgio g'neud lot efo chdi . . .'

'Ac Ifor Gruffydd? 'Nest ti lot efo *fo*. Rhaid 'i fod *o*'n gwbod . . .'

'Nacdi!'

'Be? Ti'm yn disgwyl i mi gredu hynny! A chitha 'di bod yn . . .'

''Drycha, Roger. Un o blith llawar o'n i, iddo

158

fo . . .' Llyncodd, a pharhau: 'Dydi athrawon ddim yn 'yn cofio ni fel 'dan ni'n 'u cofio nhw . . . a ddudist ti dy hun . . . bo' fi'm byd tebyg . . .'

Ystyriodd Roger: pwyso a mesur ei eiriau. O'r diwedd, crechwenodd: ''Swn i'n licio gweld 'i wynab o, pan ffindith o allan . . .'

'Plîs, Roger. Jyst tan fory . . .'

'Ti'n cofio'r chwip-din 'na roddodd o i ni? Ia— *ti* oedd hefo fi dwi'n siŵr. Iesu Grist! Fedra i'm cofio pam, chwaith, fedri di? Ond o'dd hi'n ddiawl o grasfa . . .'

Syllodd Myfi drwyddo â llygaid gwag, ac ysgwyd ei phen. Gwelodd geg Roger yn parhau i symud. Fe'i gwelodd yn chwerthin. Ond nis clywodd. Yn ddisymwth, seiniodd clychau eglwys yn y pellter. Trodd Myfi ei chefn ar Roger, a gadael y fynwent heb wybod a oedd ei chyfrinach yn saff ai peidio.

Fyny Fry

A daeth y nos. Daeth yr awr.

Yn y cwm tywyll, ar nos sy'n feichiog gan eira, mae goleuadau'r Llan fel sêr. A llwybr llaethog yw Stryd Heulog, yn rhodio'n arian at olau mawr fel golau rhyw leuad llawn sydd wedi disgyn i'r ddaear: neuadd yr ysgol. Sydd olau heno. Neuadd yr ysgol. Sydd gyrchfan heno. Neuadd yr ysgol. Fydd ryfedd heno. Ynddi, bydd celu yn ddatgelu, rhith yn ddadrith, breuddwyd yn hunllef, byw yn farw, gwyn yn ddu a du yn wyn.

Dewch, fy nghyd-hedwyr triw. Rhof f'addewid i chi: dyma'r hediad olaf. Tyngaf: dyma'r gainc olaf ar goeden Mabinogi Myfi.

Dewch. Dewch i ni adael yr ucheldir, am lawr y cwm, cefnu ar y mynydd-dir anial a'r bwthyn gwelw a'r sil ffenestr rynllyd, ymuno â'r byw a'r meidrol yng nghymdeithas y Llan. Dewch i ni sleifio i mewn drwy ddrysau agored yr ysgol a chuddio yn y cilfachau tywyll. Llochesu oddi mewn i'w phyrth hi a diolch ein bod yn gynnes a diogel yma ym mhalas maboed, caer diniweidrwydd. Ie. Dewch i ni sleifio i mewn i deyrnas plant bychain . . .

35

Camodd Myfi ar y llwyfan i gymeradwyaeth neuadd orlawn. Gwenodd yn swil, ac aros i'r curo dwylo ostegu.

'Ga i'ch croesawu chi i gyd yma heno. A diolch i chi am ddod ar noson mor oer! Gan mai hon ydi'n noson ola i yn y Llan, ga i fanteisio ar y cyfla i ddeud gair bach personol . . .'

Oedodd.

'Dwi jyst isio deud pa mor ddiolchgar ydw i, i'r ysgol. Mae'r plant 'di bod yn ffantastig . . . Fe hoffwn i ddiolch hefyd i'r prifathro, Mr Ifor Gruffydd, am gyfieithu'r sgript achos bod 'y Nghymraeg i mor *hopeless*—fel 'dach chi'n 'i glywed!'

Chwarddodd yn ysgafn cyn ymddifrifoli ac edrych i lawr ar Gruffydd oedd yn eistedd yng nghanol y rhes flaen.

'O ddifri, diolch i chi, Mr Gruffydd. Am bob dim. Hebddach chi, fydda gynnon ni ddim stori yma heno.'

Anesmwythodd Gruffydd yn ei sêt tra gwenodd Meri wrth ei ochr, yn falch ohono. Camodd Myfi oddi ar y llwyfan. A chyn iddi gyrraedd y gris isa, yr oedd y golau wedi diffodd a'r nos ddu wedi cau'n drwch am y neuadd. Ymgynefinodd llygaid Myfi â'r tywyllwch, a thramwyodd yn ofalus ar hyd y waliau nes cyrraedd y cefn. Ac yno y safodd, wrth y drws cefn, a'i llygaid yn syllu'n ddisgwyl-gar, yn aros i'r lampau oleuo'r llwyfan. Yn sydyn, daeth chwa o awel oer a bwrw'i gwar. Trodd a gweld un o'r hwyrddyfodiaid yn sleifio i mewn o'r iard drwy'r drws cefn. Ac wrth iddi droi, fe ddaeth y golau. Ac adnabu amlinelliad y silwét a sleifiasai i mewn: Roger. A throdd ei phen drachefn tuag at y llwyfan lle'r oedd cylch golau yn taro'r llenni piws. Syllodd ar y goleugylch, a thrio anwybyddu'r chwa oer y tu ôl iddi.

Egyr y llenni. Saif Gwydion yn ei glogyn du yng nghanol y goleugylch.

'Unwaith, amser maith yn ôl, yn yr union ddyffryn yma, yr oedd dewin nerthol yn byw. Swynwr â swyn y sêr yn ei hudlath . . .'

Cwyd Gwydion y wialen fedw, ac ymgolla Myfi yn y stori sy'n dod yn fyw o flaen ei llygaid. Gedy i'r chwedl ei gweu ei hun amdani fel gwe pry cop rhithiol, lledrithiol. Caethiwir lle ac amser yn y we. Ond yn y man, daw rhywun i darfu arni, i rwygo'r we. Ac mae hi'n disgyn o'r gafael sidanaidd. Daw rhywun i sibrwd yn ei chlust. Llenwir ei ffroenau ag arogl diod wrth i'r llais hisian: 'Dwi'n mynd i ddeud wrth Gruffydd. Rŵan . . .'

Ac mae'r sibrydwr yn ei goddiweddyd, yn ymlwybro at y rhes flaen. Ac mae panic yn cydio ynddi. Mae hi'n estyn amdano, yn crafangu drwy'r gwyll, yn cydio yn ei fraich a'i gwasgu.

'Plîs . . .'

'Shh!' dwrdia dynes yn y rhes gefn o dan ei hanadl.

Daw gwên ddireidus i wyneb Roger. 'O.K. Os ca i ddŵad i fyny i'r bwthyn heno, ar ôl y sioe . . .'

Sylla hi arno cyn nodio'n llipa. Croesa yntau yn

ei ôl i'r gornel dywyll wrth y drws cefn. Ac edrycha Myfi drachefn ar y llwyfan. Ond ni all ganolbwyntio. Nid yw'r rhith wedi ei weu ei hun amdani fel cynt oherwydd yng nghornel ei llygad mae Roger yn stelcian fel pry cop barus, yn ei rhwystro rhag cyrlio dan gwrlid y we.

Ar y llwyfan, mae Gwydion yn taflu blodau i bair diwaelod.

'Blodau'r deri, y banadl a'r erwain . . . Drwy fy hud a'm lledrith, fe hudaf wraig o'r blodau . . .'

A gafaela yn y wialen a'i dal uwch ei ben. A thrawa'r blodau â hi. Ac o'r pair mawr, gan hollti'r blodau, daw Blodeuwedd i'r byd yn rhith Gwen, a Gwen i'r llwyfan yn rhith Blodeuwedd. Saif yn gefnsyth yng nghanol y pair, yn ei ffrog briodasol wen, dan ei choron flodau, a'r blodau a holltwyd yn disgyn o'i chylch yn gonffeti amryliw. Ac mae'r gynulleidfa wedi ei chyfareddu.

'Blodeuwedd. Y forwyn decaf un a'r harddaf a welodd dyn erioed . . .'

Ond nid yw Myfi am weld mwy. Y mae ganddi bethau pwysicach na thegwch a harddwch ar ei meddwl. Y mae hi'n mynd at Roger, yn sibrwd rhywbeth yn ei glust, ac wrth i Gwen gamu o'r pair, mae Myfi yn camu'n slei i'r iard chwarae. Ac oherwydd fod pawb yn llygadrythu ar y llwyfan, ni sylwa neb arni'n sleifio drwy'r drws cefn. Na sylwi ar ail un yn ei dilyn, fel cysgod, i'r nos oer.

Roedd yr iard yn ddu fel bol buwch. Ac yn ddistaw ddistaw, heblaw am eco pell y plant. Troediodd Roger yn ofalus. Lle'r oedd hi? Be oedd

163

y gêm? Crychodd ei aeliau a syllu i'r düwch ond welai o ddim pellach na blaen ei drwyn. Curai ei galon yn gyflym, gyflymach, gyflym, gyflymach . . .

'Draw fan'ma!'

Neidiodd Roger. A hercio'i ben i gyfeiriad y llais oedd rywle yn y düwch. Estynnodd ei freichiau o'i flaen rhag iddo daro rhywbeth, i'w wared ei hun rhag drwg. Trodd gornel, a'i gweld. Myfi. Eirlys. Roedd hi'n sefyll â'i chefn yn erbyn wal, a'i chôt ddu yn dynn amdani.

'Ty'd yn nes,' meddai hi ac, yn betrus, ufuddhaodd yntau.

Ac wrth ddod yn nes, gwelodd ei bod hi'n datod botymau ei chôt.

'Be ti'n 'i 'neud?' meddai'n betrus.

Atebodd hithau'n sicr: 'Be am 'i ga'l o allan o'r ffor'?'

'Y?'

'Gin i blania' erill heno. Ty'd. Ddowt gen i os fyddi di'n hir . . .'

A dechreuodd godi ei sgert. Gwelodd Roger sanau gwyn sidanaidd, a chroen noeth oddi tanynt. Syllodd, mewn parlys. Stopiodd hithau, o'i weld yn oedi.

'Ti isio ffwcio fi 'n does? Wel? Ty'd!'

Ond roedd Roger wedi rhewi. Ebychodd hi a cherdded tuag ato. Cydiodd yn arw yng ngwregys ei drowsus a dechrau tynnu'r bwcl. Yn sydyn, gwthiodd Roger hi i ffwrdd, a'i wyneb yn arswydo, ffieiddio.

'O. Sori. O't ti isio rhwbath mwy rhamantus,

oeddat? Isio swsio a ballu? Isio i mi ddeud 'mod i'n dy garu di, bod 'na'm un dyn 'di medru g'neud i mi deimlo fel hyn?'

A byrstiodd allan i chwerthin. Chwarddodd dros bob man. Ysgydwodd Roger ei ben, a dechrau baglu oddi yno, ei lygaid yn ddau dwll o ofn, yn syllu arni fel petai'n gweld drychiolaeth, yn gweld ei angel wen yn troi'n wrach ddu.

'Ia! Dos! *Ceg* fuost ti 'rioed, Roger Preis—dim byd ond ceg!'

Ac ar hynny trodd ei gefn arni a rhedeg oddi yno, ar draws yr iard, ac allan drwy'r gatiau, i rywle ond hunlle ei chwmni hi. Twtiodd hithau ei dillad, ailfotymu ei chôt, a cherdded yn bwyllog tuag at y neuadd. Camodd i mewn i'r neuadd, a gwenu'n blês wrth edrych ar y llwyfan: go dda— nid yw wedi colli'r diwedd . . .

Mae Gwydion yn ei glogyn du, yn sefyll uwchben Blodeuwedd sydd ar ei gliniau o'i flaen. Y mae ei hudlath yn hofran uwch ei phen fel aderyn ysglyfaethus. Y mae hi'n cuddio'i hwyneb â'i dwylo bychain, rhag iddo ei tharo ar draws ei hwyneb a malurio'i harddwch.

'Wna i ddim dy ladd di. Dwi am wneud rhywbeth gwaeth. Dwi am dy droi di'n aderyn. A 'nei di'm meiddio dangos dy wyneb yng ngolau dydd oherwydd bydd gan yr adar eraill i gyd dy ofn di. Ac mi fyddan nhw i gyd yn dy gasáu di, yn dy guro di, yn gas wrthat ti lle bynnag yr ei di. A 'nei di'm colli dy enw. Cei dy alw am byth yn Flodeuwedd!'

A chwyd Gwydion yr hudlath, a'i tharo hi. Ac

wrth iddo'i tharo, diffydd y golau a disgyn y düwch. Ac yn y düwch, daw sgrech annaearol. Ac wedi'r sgrech annaearol, pelydra un golau gwan yn gylch ar y llwyfan. Ac yno y saif Gwen â mwgwd tylluan am ei hwyneb. Cwyd ei breichiau yn adenydd. Ac o dan y masg daw llais bychan, clir fel grisial:

'Tw-whit-tw-hw tw-whit-tw-hw
Fe ddaw dial, ar fy llw,
Ar Gwydion a'i wialen hud
Am ddod â fi i mewn i'r byd.

Pan o'n i'n flodau yn yr haul,
Nid oeddwn byth yn teimlo'n wael,
Ond rŵan, deryn nos wyf i
A'r byd o 'nghwmpas i gyd yn ddu.

Ond sychu wna fy nagrau prudd,
A byddaf, byddaf eto'n rhydd,
A Gwydion greulon, caiff o'i ladd,
A byddaf eto'n flodau hardd.'

Ac mae'r golau'n diffodd, y llen yn cau, ac nid oes dim ond llonyddwch llethol am ennyd. Yna daw'r gymeradwyaeth, yn wresog a brwd. Daw'r goleuadau yn eu hôl, ac egyr y llen. Ar y llwyfan, gwena'r plant yn llawn balchder wrth i'r chwibanu a'r bonllefau godi o'r llawr. Edrycha'r plant ar ei gilydd, yn wên i gyd, ac mae Gwen hefyd yn toddi yng nghynhesrwydd y gymeradwyaeth.

Yna, esgyn Gruffydd i'r llwyfan. Yn raddol,

distawa'r sŵn. Mae Gruffydd yn agor ei geg i siarad ond am eiliad neu ddwy, ni all ddweud dim. Dyma ei araith olaf fel prifathro'r ysgol. Ac mae dan deimlad.

'Diolch yn fawr am ddod, ar noson mor ofnadwy . . .' Oeda. Mae cryndod yn ei lais: 'Le i ddechra'? Wel—y plant, wrth gwrs. Chi, fel rhieni. 'Y nheulu . . .'

Llynca. Lleinw llygaid Meri â dagrau. Sylla Gwen ar y llawr. Ond mae llygaid Myfi yn sych, ac mae hi'n syllu ar Gruffydd, yn ei wanu â'i threm.

'Dydi hyn ddim yn hawdd . . . Deud ffarwel . . . ar ôl deg mlynadd ar hugian . . .'

Ysgydwa ei ben. Gadawa'r llwyfan yn ddisymwth, heb edrych i fyny, a brysia allan o'r neuadd. Cwyd ei wraig ar unwaith, a'i ddilyn. Edrycha Gwen yn bryderus ar eu holau, y 'lastig sy'n dal y mwgwd yn pwyso am ei phenglog. Tyn y mwgwd a'i daflu'n ddiseremoni, cyn rhedeg ar ôl ei rhieni. Mae sibrydion yn dechrau sisial drwy'r neuadd.

Yn y man, dechreua aelodau'r gynulleidfa adael, rhai drwy'r drws sy'n arwain i'r coridor er mwyn nôl eu plant o'r ystafelloedd newid, ac eraill drwy'r drws cefn, i'r iard chwarae. Nodia rhai yn swil ar Myfi wrth adael, ac ysgydwa eraill ei llaw, a'i llongyfarch yn hael. Erys Myfi ger y drws cefn, yn gwylio'r neuadd yn gwagio. Cyn bo hir, dim ond hi sydd ar ôl yn y neuadd wag.

36

'Dwi'n iawn . . . Jyst rhyw bwl bach . . .' medd Gruffydd o'r tu ôl i'w ddesg.

Mae ei wraig a'i ferch yn syllu arno'n llawn pryder, ac mae eu pryder yn ei boenydio.

'Wir. Ewch chi adra. Gwen—ti'n cysgu ar dy draed . . .'

'Dwi'n iawn! Isio aros i chi . . .'

'Ond fydda i yma am oria' eto—yn clirio, cloi . . .'

'Dwn i'm pam ti'n trafferthu! Does arnat ti *ddim* i'r lle 'ma . . .' medd Meri, gan roi ei braich am ysgwydd Gwen, ac edrych drachefn ar ei gŵr. 'Ti'n siŵr dy fod ti'n iawn?'

Nodiodd yntau, a gwenodd Meri ar eu merch.

'Ty'd, 'rhen hogan. Amser i chdi fynd i dy wely. On'd oedd hi'n wych heno, Dad?'

'Oedd. O'n i mor falch ohonat ti, Gwen. 'Sgin ti'm syniad . . .' a thyr llais Gruffydd.

Saif, fel petai am groesi atynt o'r tu draw i'r ddesg, fel petai am gofleidio Gwen, ei thynnu i'w fynwes. Ond daw cnoc ar y drws. Egyr y drws. A saif Myfi yno.

'Sori. Ddo' i'n ôl . . .'

'Na na, Myfi. 'Dan ni'n mynd rŵan . . .' medd Meri, gan droi yn ôl at ei gŵr. 'Gwylia di ladd dy hun. Dudwch chi wrtho fo, Myfi. Ma' 'na ofalwr yn ca'l 'i *dalu* i llnau a chloi . . .'

Gwena Myfi'n anesmwyth wrth i Meri a Gwen ei phasio am y drws. Oeda'r fechan ac edrych i fyny arni. Dywed Myfi: 'O'ddat ti'n dda iawn, Gwen.'

Ond llygadrythu'n gas a wna Gwen.

'Diolch, Myfi. Diolch am bopeth . . .' medd ei mam yn ei lle, a'i thywys i'r coridor tywyll, gan ychwanegu: 'A chofiwch alw i ddeud ta-ta fory, cyn chi fynd . . .'

Lleda ceg Myfi: impio gwên. Ond nid yw Gwen wedi ei thwyllo. Gŵyr nad oes golau yn y llygaid, nad oes gwên yn y galon. Ond gedy i'w mam ei thywys heibio i'r ddynes ddu ac i'r coridor. Ac ni thafla olwg yn ôl tuag at ystafell ei thad.

Dim ond Myfi a Gruffydd sydd ar ôl—ef yn wargam y tu ôl i'w ddesg, hithau'n gefnsyth yn y drws. Ac meddai hi: 'Fydda i'n dallt, os wyt ti 'di newid dy feddwl . . .'

Nid atebodd ef am ennyd neu ddwy. Edrych o gwmpas a gweld pedair wal foel, sllffoedd gwag, ystafell lom, a hi, hi yn llenwi ffrâm y drws, a'r funud yr edrychodd nid oedd rhan ohono nad oedd yn llawn o gariad tuag ati, ac meddai:

'Fydda i fyny'n y bwthyn. Ar ôl clirio fan'ma. A deud wrth Meri . . .'

'A Gwen?'

Ysgydwodd ei ben.

'Geith Meri ddeud wrth Gwen. Fedra i ddim . . .'

Edrychodd yn daer, ac ar ôl saib, meddai hi: 'Reit. Wela i di fyny 'na . . .'

Trodd hi. Gwgodd Gruffydd , a daeth dryswch i'w lygaid: 'Ond . . . sut ei di? I'r bwthyn?'

'Mm? O, Roger. 'Di gaddo lifft i mi, o'r *Stag* . . .'

Edrychodd Gruffydd braidd yn syn. Cododd hi ei hysgwyddau â gwên ymddiheurol.

''Nes i addo mynd am *farewell drink* efo fo. Gin i bechod drosto fo . . .'

'Fyddi di'm yn hir?'

Ysgydwodd ei phen.

'Fydd o'n ffit i yrru?'

Gwenodd hi.

'Diolch am boeni amdana i. Ond ma' Roger 'di bod yn hogyn da—'di bod yn y sioe drwy'r nos. Mi fydd o'n sobor fel sant . . .'

Nodiodd Gruffydd.

'Wela i di wedyn, 'ta . . .' meddai hi.

'Ia . . .' meddai ef.

A gadawodd hi'r ystafell. Cau'r drws yn glep. Ac wrth i'r drws gau, disgynnodd rhywbeth i'r llawr. Gwyrodd ei threm a gweld y plac efydd yn taro'r pren. Cyrcydodd a chydio ynddo. Yr oedd enw Ifor Gruffydd wedi hollti'n ddau.

37

Mae Gwen yn rhwbio'i hwyneb â thywel gwyn ac yn edrych yn y drych. Mae cylchoedd du o gylch ei llygaid. Rhwbia eto. Ond nid yw'r cylchoedd yn mynd. Y tu ôl iddi, yn y drych, gwêl ei mam yn dod i mewn i'r llofft.

'Methu 'i ga'l o ffwr', Mam . . .' medd Gwen, gan bwyntio at y colur o gylch ei llygaid.

Edrycha ei mam arni yn y drych, ac ateb: ''Neith tro. Gawn ni'r gweddill i ffwr' yn bora . . .'

Nodia Gwen yn ufudd. Y mae hi wedi blino gormod i wneud ffŷs. Dringa i'w gwely a chrynu wrth i'r cwilt oer gyffwrdd ei chroen. Chwilia ei thraed rhewllyd am y botel dŵr poeth.

''Di Dad ddim adra eto?'

'Fydd o'm yn hir.'

'Ydi o'n drist iawn?'

Gwena'r fam yn dyner arni.

'Nacdi. Mi fydd o'n iawn.'

''Dach chi'n siŵr?'

'Ydw. Ma'n anodd iddo fo—gadael lle sy'n golygu cymaint iddo fo.'

''Di o'm yn 'yn gadael *ni*, ydi o?'

Edrycha'r fam yn syn. Ysgydwa ei phen a gwenu'n gariadus ar ei merch cyn anwesu ei thalcen.

'Gada'l 'i waith mae o, Gwen. Dyna i gyd. Ti 'di blino, 'nghariad gwyn i. Mi weli di Dad yn bora, paid ti â phoeni. Bydd y tri ohonan ni'n agor presanta' 'Dolig efo'n gilydd, 'fath â 'dan ni'n g'neud bob blwyddyn . . .'

A phlyga'r fam dros ei phlentyn, a rhydd gusan iddi ar ei grudd. Sylla yn ddwys ar ei hwyneb llonydd a mwytho'i gwallt melyn.

'Ddyliach chdi'm poeni cymint am Dad, Gwen. Mi fydd o'n iawn. Rŵan. Cysga di . . . neu fydd Santa Clôs ddim yn dŵad,' meddai â gwên ddireidus, addfwyn. Try a gadael yr ystafell. Diffodda'r golau. Ond unwaith mae'r drws yn cau, cwyd Gwen ac estyn ei dwylo dan y gwely. Tyn ei llyfr lluniau a'i beiro oddi yno, a dechreua ddarlunio. Hed ar wib i ganol ei byd bach ei hun, i ganol un o'i straeon rif y gwlith. A'r stori heno yw'r stori am y wrach sy'n cogio bod yn ddynes dlws, neis, ond clogyn o wenwyn yw ei chôt ddu, ac medd Gwen wrth dynnu ei llun: 'A'r wrach ddrwg. Ro'dd hi'n 'cau mynd . . .'

38

Safodd Gruffydd a'r gofalwr ym mhrif fynedfa'r ysgol.

'Reit. Dyna ni 'di gorffan, dwi'n meddwl.'

Nodiodd y gofalwr. Bu saib fechan, chwithig. Yna rhoddodd Gruffydd ei set o oriadau i'r gofalwr.

'Fydda i ddim angan rhain mwyach fydda i?'

Cymerodd y gofalwr y goriadau. Bu saib arall chwithig.

'Diolch i ti am dy waith dros y blynyddoedd. Y . . . ia . . .'

A chan fethu meddwl am ddim byd arall i'w ddweud, camodd Gruffydd dros y rhiniog ac i'r iard chwarae. Ac wrth iddo groesi'r iard diffoddodd y gofalwr y golau olaf yn yr ysgol, a bu'n rhaid i Gruffydd wylio'i gamau wrth i'r tywyllwch gau amdano.

Fyny Fry

Ond ust! Oddi mewn i furiau'r ysgol, mae rhywun ar
ôl. Yn encil y tŷ bach, mewn blwch petryal, y tu ôl i
ddrws clo, mae un wedi aros ar ôl. A chan fod ein
llygaid wedi hen ymgynefino â'r nos, gallwn ei hadnabod
ar unwaith: Myfi. Nid aeth i'r dafarn. Sleifiodd yn
hytrach o ystafell y prifathro i'w chuddfan. Ac yno y
mae, yn disgwyl. Disgwyl ei chyfle.

Clic. Egyr glo ei blwch. Tap tap. Atseinia ei thraed
rhwng y teils gwyn sy'n gloywi'r gwyll. Gwich. Drws
yr encil yn agor. Tap tap. Allan â hi i'r coridor, ei
ffroen yn uchel, ei chamau'n gadarn. Y mae ei thaith
mor unionsyth â gwayw Gronw Pebr. A'i chyrchfan
yw'r neuadd. A'r neuadd sydd wag. A'r neuadd sydd
dywyll. A thu allan, nid oes golau yn y nen. Mae'r lloer,
y dduwies fwyn dda, ynghudd tu ôl i gymylau beichiog
gan eira. Ac ni syrth yr eira: erys yng nghroth y cymylau,
yn gwrthod disgyn i'r ddaear a baeddu ar lawr daear ddu.

Esgyn Myfi'n osgeiddig i'r llwyfan, a saif lle bu'r
goleugylch, lle nid oes yn awr ond düwch. Ac o'r safle
hwnnw, gall weld drwy'r ffenestri uchel. Gall weld
goleuadau'r Llan yn wincio arni. Ond nid yw hi'n
wincio'n ôl. Na. Mae ei llygaid yn rhythu, yn ddi-
drugaredd eu trem. Ac mae eu ffocws yn tynhau tynhau
ar un tŷ. Mae eu golwg eang yn culhau culhau ar dŷ
â'i oleuadau oren mor gynnes, y Mans ar draws y
ffordd o'r ysgol. Ei dŷ ef. Tŷ y tad.

O enau rhai bychain a rhai yn sugno y peraist
nerth, o achos dy elynion, i ostegu y gelyn.

A'r ymddialydd.

Plymio

39

Daeth Gruffydd i lawr grisiau'r Mans yn ara deg.
Roedd ganddo ges yn ei law. Oedodd y tu allan i
ddrws y parlwr. Clywodd ganeuon yn seinio o'r
teledu. Agorodd y drws. Gwelodd gefn ei wraig.
Roedd hi'n eistedd o flaen y teledu, o flaen y tân,
yn lapio presantau. Ni chlywsai ei gŵr y tu ôl iddi
gan fod sain y teledu mor uchel, ond yn sydyn
daeth chwa o awel oer o gyfeiriad y drws, a tharo'i
gwar. Rhynnodd a throi. Neidiodd rhyw fymryn
wrth weld ei gŵr yn sefyll fel delw yn y drws.

'O! Ddychrynist ti fi! Glywish i mo'not ti'n dod
i mewn . . .'

Gwenodd a pharhau â'i gwaith lapio, gan
fwrw'i golwg bob hyn a hyn ar y teledu.

'Glirist ti bob dim? Mi a'th y sioe'n dda, yn do?
Pawb yn deud mor dda oedd Gwen. Doedd y
gwisgoedd ddim yn rhy ddrwg chwaith, er mai fi
sy'n deud. Mi oedd o werth o—torri'r ffrog . . .
Dwn i'm wir! Does 'na'm *byd* ar y teledu 'di
mynd, 'mond rhw betha' cas . . .'

Trodd, a synnu rhyw fymryn bod ei gŵr yn dal i
sefyllian yn y drws. Gwenodd yn addfwyn arno.

'Allet ti ddim 'di gobeithio ca'l gwell diwadd,
Ifor . . . Ty'd i mewn. Ti'n edrych 'di ymlâdd . . .'

Ysgydwodd Gruffydd ei ben, a sylwodd Meri
fod ces yn ei law.

'Be ti'n 'i neud efo'r ces 'na?'

'Dwi'n mynd . . .'

Gwgodd Meri arno'n ddi-ddeall.

'Myfi . . . Ma' hi'n . . . 'Dan *ni* . . .' Ond ni orffennodd.

Trodd ac ychwanegu'n frysiog: 'Ma' hi'n aros amdana i . . . Sori . . .'

Ac allan â fo. Rhythodd Meri ar y drws caeedig. Chwyddodd sŵn y teledu yn ei chlustiau, a throdd i edrych ar y lluniau lliwgar yn fflachio'n chwil. Neidiodd gwreichionen o'r tân a fflamio'n goch ar y carped. Gwasgodd Meri ei throed ar y wreichionen i'w diffodd a phan dynnodd ei throed oddi yno, yr oedd twll yn duo'r gwlân.

Nid edrychodd Gruffydd yn ei ôl. Aeth drwy'r drws ffrynt a hanner rhedeg at y glwyd ac at ei gar. Nid edrychodd yn ei ôl. Taniodd yr injan a gyrru ar hyd Stryd Heulog, heibio'r *Stag* gorlawn, heibio goleuadau Nadolig y Llan, i ddüwch y wlad tu hwnt. Gyrrodd yn unionsyth at y bwthyn gwyngalchog, a'i galon ar garlam. Goddiweddodd bob cerbyd yn ei ffordd. Trodd â sgrech brêcs i lwybr y bwthyn. Parciodd yn gam a chamu o'r car, yn cydio'n ei ges, yn rhuthro at y drws ffrynt. Cnociodd, ac wrth gnocio, agorodd y drws. Nid oedd ar gau . . .

'Myfi?' galwodd, a gwthio'r drws yn lletach agored, a chamu dros y trothwy. 'Myfi? Dwi yma . . .'

Ond nid oedd ateb. Camodd i'r gegin. A bron â baglu dros gath ddu. Sbiodd yn syn. Roedd hi'n llyfu llaeth o botel oedd wedi malu ar y llawr. Gwgodd. Dyma'r tro cynta iddo weld cath yn y bwthyn. Roedd ar fin rhoi cic o'r ffordd iddi

pan sylwodd ar amlen gerllaw. A'i enw ef arni.
Cododd hi, a'i hagor. Darllenodd:

Ifor. Dwi'n dal yn yr ysgol. Cwrdd â fi yno.
Eglura i wedyn. *Change of plan.*
Myfi

Syllodd Gruffydd i'r gwagle am ennyd, wedi
drysu. Yna rhoddodd y nodyn yn ei boced a throi i
adael y gegin. Oedodd. A ddylai glirio'r llanast a
hel y gath oddi yno? Edrychodd ar y llaeth ac ar
dafod binc yn llowcio . . . Efallai fod rhywbeth
wedi digwydd. Efallai fod Roger wedi g'neud
rhywbeth. Neu Meri . . . Trodd ei gefn ar y llanast.
Rhedai pob math o syniadau drwy ei feddwl wrth
iddo fynd at ei gar. Gobeithio fod Myfi'n iawn,
gobeithio nad oedd dim wedi digwydd, dim i
'neud iddi newid ei meddwl . . . Cefnodd ar y
bwthyn gwyngalchog a gwneud ei ffordd yn ôl i'r
Llan.

Fyny Fry

*Sefyll ym mynedfa gefn y Neuadd mae Myfi. Mae'r
drws ar agor, a'r iard chwarae o'i blaen yn ymdoddi i'r
nos. A thu hwnt i'r iard chwarae, y tu hwnt i bicelli'r
ffens sy'n dorch bigog o gylch yr ysgol, mae goleu-
adau'r Mans yn serennu yn ei llygaid. Ond nid Mans
heddiw a wêl hi . . .*

*Yn ei llofft fechan, ar ei gwely bychan, mae merch
fach yn wylo. Y mae hi wedi cyrlio'n belen, ei phen-
gliniau at ei gên, ei breichiau'n cydio'n dynn am ei
choesau, ac mae hi'n siglo'n ôl a 'mlaen, 'nôl a 'mlaen.
Y mae curo ar y drws, a llais dyn yn gweiddi o'r ochr
draw.*

'Duda wrtha i! Duda wrtha i be sy'n bod! Eirlys!'

'Cerwch o 'ma! Cerwch o 'ma!' *gwaedda'r plentyn
rhwng ei higian, yn dal i siglo'n ôl a 'mlaen.*

'Agor y drws! Y munud 'ma! Eirlys!'

*Mae llais y dyn yn mynnu. Ond mae Eirlys yn
ysgwyd ei phen. Yna'n sydyn, mae sŵn hyrddio yn dod
o'r ochr draw i'r ddôr. Lleda llygaid Eirlys mewn braw.
Ysgydwa ei phen. Na! Ni all dorri i mewn i'w llofft!
Ni all ei gweld fel hyn! Mae gormod o gywilydd . . .
Ond mae'r drws yn agor, y clo yn malu, ac mae'r dyn
wedi torri i mewn i'w llofft. A'r dyn, y mae'n
gyfarwydd, gyd-hedwyr. Yr ydym wedi ei weld o'r
blaen. Mewn darlun du a gwyn wedi melynu, mewn
llofft arall, ar drac arall, mewn amser arall.*

*Try Eirlys ei chefn arno, ei hwyneb at y pared. Ond
mae'r dyn yn eistedd ar ei gwely, yn cydio yn ei
hysgwyddau, yn ei hysgwyd yn arw.*

'Be sy 'di digwydd?'

Mae Eirlys yn ysgwyd ei phen.

'Eirlys! Ma'n rhaid i ti ddeud wrtha i!'

Ac â'i chefn ato, heb sbio arno, mae taw ei braw yn torri.

''Di ca'l y . . . gansen . . . am ddim byd . . . o flaen yr ysgol . . . tywallt llaeth . . . ddim 'y mai i . . . Roger . . . galw enwa' . . .'

Cydia'r dyn yn ei dwylo. Gwga ar y cledrau llyfn.

'Lle?'

Ond mae hi'n ysgwyd ei phen. Ac yna dealla'r dyn.

Cydia'n ei sgert, a sgrechia hi: 'Na! Peidiwch!'

Ond mae'r dyn yn gryfach. Cwyd ei sgert a phlicio'r nicyrs gwyn oddi ar ei chnawd. Edrycha. A heb air, rhydd ei nicyrs a'i sgert yn ôl yn eu lle a chodi ar ei draed. Â am y drws. Try Eirlys o'r wal, a'i llygaid du yn dyllau o ofn.

'Lle 'dach chi'n mynd?' medd hi, ond nid yw'r dyn yn clywed. Y mae'n gadael yr ystafell, a'i wyneb yn welw.

Neidia hithau o'r gwely, a rhedeg ar ei ôl. Gwêl ei gefn yn pellhau oddi wrthi, yn mynd i lawr y grisiau. Sgrechia arno: 'Dadi! Peidiwch!'

'Mae o'n sâl! Ddim ffit i fod yn agos at blant!' gwaedda'r tad, yn rhedeg i lawr y grisiau.

Rhed Eirlys ar ei ôl, yn sgrechian: 'Na, Dadi! Peidiwch â g'neud ffys! Plîs!'

Ond mae'r drws ffrynt wedi agor, ac mae'r tad wedi camu o'r tŷ. Mae Eirlys yn rhedeg ar ei ôl, yn camu dros y rhiniog, yn sgrechian: 'Dadi! Plîs! Peidiwch â'i 'neud o'n flin!'

Ond nid yw'r tad yn clywed. Y mae'n gynddeiriog,

am waed yr athro wnaeth hyn. Rhuthra drwy glwyd y Mans ac allan i'r lôn. Heb edrych. Heb weld . . .

Mae sŵn annaearol. Rhewa Eirlys. Daw dyn allan o gar, a'i lygaid yn wyllt.

''Na'th o'm sbio . . . ddim 'y mai i, 'na'th o jyst neidio allan . . . ddim 'y mai i . . .'

Gorwedda'r tad yr ochr draw i'r lôn, dan fariau haearn gât yr ysgol. Mae ei ben mewn pwll o ddŵr. Try'r dŵr yn goch fel gwin.

40

Roedd drws yr ysgol ar glo. Ni allai Gruffydd ddeall. Ble'r oedd Myfi? Allai hi byth â bod wedi mynd i mewn i'r adeilad. Ble'r oedd hi, felly?

Camodd o'r brif fynedfa a dechrau cerdded tuag at y gât. Ond daliwyd ei lygad. Roedd golau yn y neuadd. Golau gwan. Arafodd. Oedi. Yna croesi'r iard, at y neuadd. Er mawr syndod iddo, yr oedd y drws cefn yn gilagored. Gwthiodd y drws a chamu'n betrus i mewn. Yr oedd hi'n dywyll fel bol buwch. Rhaid ei fod wedi camgymryd, bod 'na olau. Y nos yn chwarae triciau. Yr oedd wedi blino hefyd, wedi ymlâdd . . .

'Myfi?' mentrodd alw. Ond ei lais ei hun yn diasbedain oedd yr unig ateb a gafodd. Trodd i fynd pan oleuodd cylch ar y llwyfan. Goleugylch gwag. Gwenodd Gruffydd yn anesmwyth.

'Ti sy 'na?' galwodd, gan daeru iddo glywed sŵn traed led braich oddi wrtho. Tap tap. Herciodd ei ben i gyfeiriad y sŵn. Ond wrth wneud hynny, gwibiodd y sŵn i fan arall. Tap tap. Herciodd ei ben i'r cyfeiriad hwnnw. A digwyddodd yr un peth eto. Roedd y sŵn traed un funud led braich oddi wrtho a'r funud nesaf led neuadd i ffwrdd. Pe bai 'na leuad, rhywbeth i'w alluogi i weld yn gliriach . . . Ond doedd dim modd gweld dim. Yr oedd y cymylau tu allan yn drwch. A'i glyw rhwng y muriau yn dechrau chwarae mig ag o. Yn sydyn, camodd ffurf i lwybr y pelydr golau. Silwét du, â'i gefn at y goleuni. Silwét diwyneb.

Craffodd Gruffydd, ond yr unig beth a welai oedd cysgod tywyll.

'Myfi?' meddai, a throdd y silwét.

A gwelodd Gruffydd amlinell pen aderyn yn y pelydr golau. Ac yna cododd y ffurf ei breichiau, ac yn rhith y golau rhyfedd, yr oedd ganddi adenydd.

Tw-whit-tw-hw . . .

Rhoddodd Gruffydd chwerthiniad bychan. Myfi. Yn chwarae un o'i gemau . . .

Fe ddaw dial, ar fy llw . . .

Agorodd Gruffydd ei geg i ddweud rhywbeth ond ailystyriodd wrth weld y ffurf yn camu i'w gyfeiriad. A gwelodd Gruffydd fod y ffurf yn gwisgo'r mwgwd tylluan a bod ei glogyn amdani a'i wialen fedw yn ei llaw. Daeth y ffurf yn nes a chodi'r wialen uwch ei phen . . .

Ar Gwydion a'i wialen hud
Am ddod â fi i mewn i'r byd . . .

Mae Gruffydd fel ysglyfaeth yn llwybr tylluan. Dechreua'r dylluan chwifio'r wialen yn rhythmig uwch ei phen fel petai'n gwneud patrymau anweledig yn y nos. Dilyna llygaid Gruffydd y chwifio, dan gyfaredd. A seinia geiriau o enau'r dylluan:

Pan o'n i'n flodau yn yr haul
Nid oeddwn byth yn teimlo'n wael,
Ond rŵan, deryn nos wyf i
A'r byd o 'nghwmpas i gyd yn ddu . . .

Mae'r curiad yn cyflymu a'r deryn nos yn nesu. Ac wrth nesu, mae'n camu o'r pelydr golau ac yn cychwyn cylchu Gruffydd. Cylchu a chylchu, gweu gwe anwel o'i gylch â'r wialen sydd fel gwäell ac arni edafedd hud yn gwaellu Gruffydd yn dynn yn ei blethwaith cymhleth, ei dorch dywyll. Ac nid oes dianc o'r we rithiol. Mae'r wialen yn plymio. Chwip! Drwch blewyn o wyneb Gruffydd. Ac nid yw'n symud. Gedy i'r wialen fwrw hen wragedd a ffyn o'i gylch. Swynir ef gan ei sisial swynol. *Defod. Di-eiriau. Hi yw'r arteithiwr ac ef yw'r ysglyfaeth. Hi yw'r treisiwr ac ef yw'r un a dreisir.*

Yn sydyn, mae'r ffurf yn llonyddu. Mae mor agos fel y gall Gruffydd weld ei llygaid yn nhyllau'r mwgwd. Ac wrth i'r taro rhythmig a'r cylchu beidio, mae'r hud yn torri, a Gruffydd yn dod yn ôl i'r ddaear, yn tybio bod ei chwarae hi ar ben. Mentra wên.

'Myfi . . .'

A Gwydion greulon, caiff o'i ladd . . .

Ac wrth i wên Gruffydd fflachio'n wyn yn y düwch, chwip! Teimla losg enbyd yn ei lygaid. Ac mae o'n crymu, yn ei ddyblau mewn poen. Mae ei lygaid ar dân. Mae'r dylluan wedi ei daro yn ei lygaid â'r wialen, ac mae Gruffydd ar ei liniau ac mae hi'n rhaeadru ergydion am ei ben ac ni all ef godi am fod y bwrw hen wragedd a ffyn mor ddidrugaredd, ac mae ganddi'r fath nerth fel bod Gruffydd yn gleisiau a dyrnodiau o achos ei ymdaro â hi, ac y mae'n ddiamau ganddo na welsai erioed gymaint o nerth ymladd mewn un wraig ag ynddi hi.

Myfi sydd yn cysgu, a'i chalon yn effro: llais un

184

*annwyl yw yn curo, gan ddywedyd, fy merch, fy annwyl,
fy ngholomen, fy nihalog . . .*

'Myfi!'

*Pwy yw hon a welir fel y wawr, yn deg fel y lleuad,
yn bur fel yr haul, yn ofnadwy fel llu banerog?*

Mae Gruffydd yn ceisio lleisio, ond mae'r
wialen yn gwaedu ei geg, yn ei daro'n fud.

*Gosod fi megis sêl ar dy galon, fel sêl ar dy fraich:
canys cariad sydd gryf fel angau . . .*

Mae hi'n plygu drosto. Cydia yn ei gudynnau
prin o wallt a thynnu'i ben yn ôl . . .

*Ceisio cael gwybod ganddo pa fodd y daw ei
farwolaeth a hynny dan gochl gofalu amdano, dan
gochl taerineb cariad tuag ato.*

Mae hi'n gwthio'i fynwes yn arw nes ei fod ar ei
gefn. Clwyda arno, yn gwasgu ei phengliniau ar ei
freichiau, yn ei hoelio i'r llawr. A thrwy ddagrau o
waed, mae Gruffydd yn dyrchafu ei lygaid i'r
mwgwd. Ac o dan gochl y mwgwd fe wêl lygaid,
llygaid du, llygaid nad yw'n eu 'nabod.

'Plîs . . .' sibryda ef, ac mae hi'n rhwygo'r
mwgwd i ffwrdd. Yn dangos ei hwyneb. Yn dad-
rithio. A gwêl ef Fyfi, ond nid ei Fyfi ef yw hi. Na.
Nid ei Fyfi ef yw'r wraig ffyrnig hon â'r llygaid
llidiog. A cheisia yngan eto ond mae hi'n ei dewi
drwy osod y wialen rhwng ei weflau, yn dynn ar
draws ei geg, ac ni all eirio, dim ond gwneud
synau anifeilaidd, ac nid yw'n deall, nid yw'n deall
dim o ystyr hyn . . .

*Efe a ddychwel fy enaid: efe a'm tywys ar hyd
llwybrau cyfiawnder er mwyn ei enw. Ie, pe rhodiwn ar*

hyd glyn cysgod angau, nid ofnaf niwed, canys yr wyt
ti gyda mi, dy wialen a'th ffon a'm cysurant . . .

Mae ei gwedd yn tyneru. Mae hi'n gwenu. A
dechreua fwytho ei rudd â'r wialen, gan wenu'n
famol i lawr arno. Llithra'r wialen yn ara ac
addfwyn ar hyd ei wefus, ei ên, ei wddf. Mae
llyfnder y pren yn oer am ei gnawd. Lleithia
llygaid Gruffydd. Mae hi'n gwasgu'r wialen yn
erbyn ei wddf. Ceisia ysgwyd ei ben ond mae'r
fedwen yn gwasgu. Mae hi'n ei dagu. Yn ara deg
bach. Â'i wialen fedw. Yn gwasgu'r einioes ohono.
Mae yntau'n ceisio ymbil o ddwfn ei wddf, ond ni
all. Ni all. Ac mae hi'n dal i wasgu, wasgu, nes
daw sŵn ohono fel sŵn y diferion olaf mewn
baddon, yn ffrydio yn y plwg cyn diflannu am
byth. Mae dŵr cynnes ei fywyd yn gwagio. Mae ei
goesau'n cicio'n ofer i'r gwagle tu ôl iddi, a'i
lygaid yn troelli yn ei ben, ac nid yw'n gweld dim,
dim ond düwch.

Daioni a thrugaredd yn ddiau a'm canlynant holl
ddyddiau fy mywyd . . .

Edrycha hi i fyny fel pe bai i gymell o'r nos yr
egni olaf i'w derfynu. Ond tynnir ei sylw. Gan
fflach wen. Yng nghornel ei llygad. Try ei phen at
y fflach. Ffurf. Yn nrws y neuadd. Ffurf fechan.
Merch. Mewn gŵn nos gwyn, ei gwallt yn dorch
aur, ei hwyneb yn lleuad llawn, ei llygaid yn
gylchoedd du. Merch. Yn cerdded yn ei chwsg. Ac
mae gwedd Myfi'n newid. Mae fflamio ei llygaid
yn llonyddu. Esgyn i'w thraed a cherdded at y

fechan fel un yn cysgu a'i chalon yn effro. Daw at y rhith gwyn a rhythu arno. A dweud:

'*Eirlys?*'

Estynna ei braich i gyffwrdd y ferch.

'*Eirlys?*'

A chyffyrdda'n dyner ynddi. Ac wrth iddi ei chyffwrdd, mae Gwen yn neidio. Yn deffro. Ac yn gweld y wrach ddrwg, y frenhines ddu. Ac mae ei llygaid yn lledu mewn braw. A chlyw sŵn ofnadwy fel sŵn dŵr yn tagu mewn plwg. A gwêl ei thad yn gwaedu ar lawr. A rhydd sgrech annaearol. A rhuthra ato. Penlinia yn ei ymyl. Cydia yn ei ben a'i orffwys ar ei glin. Anwesa ei dalcen. Mae gwynder ei gŵn nos yn staenio'n goch gan waed wrth iddi ei siglo'n ôl a 'mlaen, 'nôl a 'mlaen, gan sibrwd: 'Peidiwch â mynd, peidiwch â 'ngadael i . . .'

Ac yn y drws sylla Myfi.

'*Dadi?*' medd hi mewn llais bach. Ac oeda, a gwg ddryslyd ar ei hwyneb . . .

Yna mae hi'n crychu ei haeliau. Fel pe bai'n deffro o swyn. Sylla ar y tad a'r ferch. A throi ei chefn arnynt. Â at y drws. Cerdda dros y rhiniog i'r iard chwarae. Heb edrych yn ei hôl. Ac yn y düwch, syrthia'r clogyn oddi ar ei hysgwyddau. Nesâ at fariau'r glwyd a chwyd y wialen uwch ei phen. Ac â'i holl nerth fe'i chwipia yn erbyn y picelli haearn. A chyda'r un ergyd honno tyr yr hudlath a disgyn yn ddarnau i'r ddaear.

Fyny Fry

Ar fore Nadolig, cyn toriad gwawr, cerdda Myfi o'r ysgol. Mae hi'n camu i Stryd Heulog, ac nid yw'n edrych yn ei hôl. Nid oes siw na miw yn unman, heblaw am dap tap tapio'i thraed. Mae hi'n gadael. Ac yn y tawelwch annaturiol, mae rhyw ddisgwyl yn y nen, rhywbeth beichus yn pwyso. Mae hi'n pellhau. Ar fin ymdoddi i'r nos. Ac yna'n ddirybudd, dechreua eira ddisgyn. Fel eirlysiau.

Dyrchafa ei llygaid a gwêl y cymylau beichiog yn agor, yn bwrw eu mil eirlysiau mân. Yn betrus y dônt i gychwyn, gan ara ymwroli, a chyn bo hir glynant yn berlau yn nüwch ei gwallt a'i haeliau a'i hamrannau. A daw syched arni, ac fe egyr ei cheg, a thodda'r perlau ar ei thafod. A dengys y lloer dirion ei hwyneb am ennyd drwy'r manna, ac mae'r nos yn gwynnu. Mae hi'n wyn o fyd. Ac mae'r pluo'n suo'r plwy', yn swyno'r byd.

Gyd-hedwyr, mae'n bryd ffarwelio. Ymwahanu. Na phoenwch am ffeindio'ch ffordd oddi yma. Mae'r nos mor llathraidd fel nad oes angen fy llygaid i'ch tywys mwyach. Nid glyn cysgodion ydyw heno ond glyn golau, a byddaf innau'n toddi iddo. Fel hedydd yn yr haul. Tylluan wen yn yr eira. Lle bûm yn fflach wen mewn noson ddu, ar noson wen nid wyf i'm gweld. A Myfi, hithau, ddiflanna. Dan y lluwch llachar. Heb siw na miw, yr eira'n distewi ei thraed. Ac mae ei holion yn y gwynder fel dagrau cawres yn treiglo ar rudd y ddaear. Ac wrth iddi bellhau, mae ffurfiau'r dagrau yn llenwi â'r eirlysiau gwyn sy'n tyfu o'i hôl.

Dyma'ch cyfle olaf i'w gweld, cyn i'r conffeti gwyn gau'n glogyn amdani. Minnau, gyd-hedwyr, a af ati. Hedaf a chlwydaf ar ei hysgwydd. Nes nad wyf innau i'm gweld mwyach. Yr wyf i wedi toddi i Myfi, a Myfi wedi toddi i mi.